RONDA DA NOITE

Patrick Modiano

RONDA DA NOITE

Tradução de Herbert Daniel

Posfácio de
Flávio Izhaki

Título original
LA RONDE DE NUIT

© Éditions Gallimard, 1969

Direitos para a língua portuguesa reservados
com exclusividade para o Brasil à
EDITORA ROCCO LTDA.
Av. Presidente Wilson, 231 – 8º andar
20030-021 – Rio de Janeiro – RJ
Tel.: (21) 3525-2000 – Fax: (21) 3525-2001
rocco@rocco.com.br
www.rocco.com.br

Printed in Brazil/Impresso no Brasil

CIP-Brasil. Catalogação na fonte.
Sindicato Nacional dos Editores de Livros, RJ.

M341r Modiano, Patrick, 1945-
    Ronda da noite / Patrick Modiano; tradução
de Herbert Daniel. – Rio de Janeiro: Rocco, 2014.

    Tradução de: La ronde de nuit.
    ISBN 978-85-325-0157-8

    1. Romance francês I. Título.

85-0257	CDD–843 CDU–840-31

Para Rudy Modiano
Para mamãe

Por que me teria identificado com os próprios objetos do meu horror e da minha compaixão?
SCOTT FITZGERALD

Gargalhadas na noite. O Khédive[1] ergueu a cabeça:
— Então, você nos esperava jogando dominó chinês?
E espalha as peças de marfim sobre a escrivaninha.
— Sozinho? — pergunta o Senhor Philibert.
— Estava nos esperando há muito tempo, garoto?
Suas vozes são entrecortadas por sussurros e entonações graves. O Senhor Philibert sorri e faz com a mão um gesto vago. O Khédive inclina a cabeça para a esquerda e permanece inerte, com sua bochecha quase tocando o ombro. Como um marabu.
No centro do salão, um piano de cauda. Tonalidades e cortinas arroxeadas. Grandes vasos cheios de dálias e orquídeas. A luz dos lustres é velada, como a dos sonhos maus.
— Um pouco de música pra nos relaxar? — sugere o Senhor Philibert.

---

[1] Khédive — Em português, Quediva, palavra de origem persa que chegou até o Ocidente através dos turcos, significando "príncipe, soberano". Título do vice-rei do Egito sob o domínio turco entre 1867-1922. Nome de uma marca de cigarros, na França. (N. do T.)

— Música calma, precisamos de música calma — afirma Lionel de Zieff.

— *Zwischen heute und morgen?* — propõe o conde Baruzzi. — É um *slow-fox*.

— Preferiria um tango — afirma Frau Sultana.

— Oh, sim, sim, por favor — suplica a baronesa Lydia Stahl.

— *Du, Du gehst an mir vorbei* — murmura indolentemente Violette Morris.

— Sou pelo *Zwischen heute und morgen* — decide o Khédive.

As mulheres estão demasiadamente pintadas. Os homens vestem-se com roupas ácidas. Lionel de Zieff usa um terno alaranjado e uma camisa listrada ocre; Pols de Helder, um paletó amarelo e uma calça azul-celeste; o conde Baruzzi, um smoking verde-acinzentado. Alguns casais se formam. Costachesco dança com Jean-Farouk de Méthode. Gaétan de Lussatz com Odicharvi, Simone Bouquereau com Irène de Tranzé... O Senhor Philibert mantém-se afastado, encostado junto à janela da esquerda. Dá de ombros quando um dos irmãos Chapochnikoff o convida para dançar. O Khédive, sentado diante da escrivaninha, assobia e acompanha o ritmo.

— Não vai dançar, garoto? — pergunta. — Inquieto? Tranquilize-se, você tem muito tempo... muito tempo.

— Sabe — afirma o Senhor Philibert — a polícia é uma longa, longa paciência.

Caminha até uma mesinha e apanha o livro encadernado de couro verde-claro que estava sobre ela: *Antologia dos traidores, de Alcibíades ao capitão Dreyfus*. Folheia o livro e coloca tudo o que encontra entre suas páginas – cartas, telegramas, cartões de visita, flores secas – sobre a escrivaninha. O Khédive parece interessar-se intensamente por essa investigação:

– Seu livro de cabeceira, garoto?

O Senhor Philibert entrega-lhe uma fotografia. O Khédive examina-a longamente. O Senhor Philibert postou-se atrás dele. "A mãe dele", murmura o Khédive apontando a fotografia. "Não é, garoto? A senhora sua mãe?" Repete: "A senhora sua mãe..." e duas lágrimas escorrem em sua face, até as comissuras dos lábios. O Senhor Philibert retira seus óculos. Seus olhos estão arregalados. Chora, também. Nesse momento, irrompem os primeiros compassos de "Bei zärtlicher Musik". É um tango e falta-lhes espaço para poderem evoluir à vontade. Eles se chocam, alguns chegam até a tropeçar, caem no chão. "Você não dança?", pergunta a baronesa Lydia Stahl. "Vamos, conceda-me a próxima rumba." "Deixe-o tranquilo", murmura o Khédive. "Esse jovem não deseja dançar." "Somente uma rumba, uma rumba", suplica a baronesa. "Uma rumba! Uma rumba!", grita Violette Morris. Sob a luz dos dois lustres, eles avermelham-se, congestionam-se até ficarem roxos. O suor escorre das suas têmporas, seus olhos dilatam-se. O rosto de Pols de Helder enegrece, como se tivesse sido carbonizado. As bochechas do conde Baruzzi afundam-se, as olheiras de Rachid von Rosenheim

incham-se. Lionel de Zieff põe a mão no coração. O entorpecimento parece ter dominado Costachesco e Odicharvi. Na maquiagem das mulheres surgem rachaduras, suas cabeleiras tingem-se de cores cada vez mais violentas. Eles se decompõem e certamente vão apodrecer num instante. Será que já fedem?
— Falemos pouco mas falemos bem, garoto — sussurra o Khédive. — Você já contatou o tal que chamam "Princesa de Lamballe"? Quem é ele? Onde se encontra?
— Está ouvindo? — murmura o Senhor Philibert. — Henri quer detalhes sobre o denominado "Princesa de Lamballe".
O disco para. Eles se espalham sobre os divãs, as almofadas, as poltronas. Méthode abre uma garrafa de conhaque. Os irmãos Chapochnikoff saem da sala e reaparecem, com bandejas carregadas de copos. Lussatz enche-os até a boca. "Brindemos, caros amigos", propõe Hayakawa. "À saúde do Khédive", exclama Costachesco. "À saúde do inspetor Philibert", declara Mickey de Voisins. "Um brinde a Madame de Pompadour", guincha a baronesa Lydia Stahl. Suas taças chocam-se. Bebem de um só gole.
— O endereço de Lamballe — murmura o Khédive. — Seja gentil, querido. Dê-nos o endereço de Lamballe.
— Você sabe muito bem que nós somos os mais fortes, querido — sussurra o Senhor Philibert.
Os outros fazem um conciliábulo em voz baixa. A luz dos lustres enfraquece, oscila entre o azul e o violeta-escuro. Já não se distinguem os rostos. — O Hotel Blitz está cada

vez mais indiscreto. – Não se inquiete. Enquanto eu estiver aqui, você terá carta branca da embaixada. – Um bilhetinho do conde Grafkreuz, meu caro, e o Blitz fecha definitivamente os olhos. – Vou intervir nisso com Oto. – Sou amiga íntima do Doutor Best. Quer que fale com ele? – Um telefonema a Delfanne e tudo se arranja. – É preciso ser duro com esses intermediários, senão eles se aproveitam. – Sem trégua! – Ainda mais que somos nós que lhes damos cobertura! – Eles deveriam se mostrar agradecidos. – É a nós que virão pedir contas, não a eles. – Eles escaparão, vocês vão ver! Enquanto que nós...! – Ainda não jogamos nossa última cartada. – As notícias do front são excelentes. EXCELENTES!
 – Henri deseja o endereço de Lamballe – repete o Senhor Philibert. Esforce-se, meu filho.
 – Compreendo perfeitamente as suas reticências – diz o Khédive. – Vou lhe propor o seguinte: primeiramente você vai nos entregar os lugares onde possamos prender, nesta noite, todos os membros da organização.
 – Uma simples preparação – completa o Senhor Philibert. – Em seguida vai ser muito mais fácil desembuchar o endereço de Lamballe.
 – A pescaria é hoje de noite – murmura o Khédive. – Nós estamos à sua escuta, garoto.
 Uma caderneta amarela comprada na rua Réaumur. "Você é estudante?", perguntou a vendedora. (As pessoas interessam-se pelos jovens. O futuro lhes pertence, desejam conhecer seus projetos, submergem-nos com perguntas.) Se-

ria necessária uma lanterna para encontrar a página. Não se vê nada nesta penumbra. Folheia-se a caderneta, com o nariz colado no papel. O primeiro endereço está escrito com maiúsculas: é o do tenente, o chefe da organização. Um esforço para esquecer seus olhos azul-escuros e a voz calorosa com que ele falava: "Tudo bem, rapaz?" Seria bom que o tenente tivesse todos os vícios, que ele fosse mesquinho, pretensioso, hipócrita. Isso facilitaria tudo. Mas não se encontra jaça nesse diamante. Como derradeiro recurso, pensar nas orelhas do tenente. Basta considerar essa cartilagem para experimentar uma irresistível vontade de vomitar. Como podem os humanos possuir tão monstruosas excrescências? Imaginar as orelhas do tenente, ali, sobre a escrivaninha, maiores do que de fato são, escarlates, e mapeadas de veias. Então entrega-se com precipitação na voz o lugar onde ele será encontrado nesta noite: praça do Châtelet. O resto acontece naturalmente. Dá-se uma dezena de nomes e endereços sem nem mesmo consultar a caderneta. Com as entonações do bom aluno recitando uma fábula de La Fontaine.

– Bela pescaria em perspectiva – diz o Khédive.

Acende um cigarro, aponta o nariz para o teto e solta círculos de fumaça. O Senhor Philibert sentou-se diante da escrivaninha e folheia a caderneta. Sem dúvida, verifica os endereços.

Os outros continuam a falar entre si. – E se dançássemos de novo? Minhas pernas formigam. – Música suave, nós precisamos de uma música suave! – Que cada um diga a sua preferência! – Uma rumba! – "Serenata rítmica!" – "So steel ich mir die Liebe vor!" – "Coco seco!" – "Whatever Lola wants!" – "Guapo Fantoma!" – "No me dejes de querer!" – E se brincássemos de *Hide and seek*? Aplaudem. – Sim, sim! *Hide and seek!* Sufocam de rir na obscuridade. Que estremece.

Algumas horas antes. A Grande Cascade do Bois de Boulogne. A orquestra massacrava uma valsa antilhana. Duas pessoas haviam se sentado à mesa vizinha à nossa. Um velho senhor, com bigodes grisalhos e um chapéu branco, uma velha senhora, com um vestido azul-escuro. O vento fazia oscilar as lanternas japonesas penduradas nas árvores. Coco Lacour fumava seu charuto. Esmeralda bebia, bem-comportadinha, um refresco. Não falavam. Por isto os amo. Queria descrevê-los minuciosamente. Coco Lacour: um gigante ruivo, olhos de cego, iluminados de quando em vez por uma infinita tristeza. Frequentemente ele os esconde atrás de óculos escuros e seu caminhar pesado, hesitante, dá-lhe ares de sonâmbulo. A idade de Esmeralda? É uma menininha minúscula. Eu poderia acumular a respeito deles uma multidão de detalhes comoventes, mas, fatigado, desisto. Coco Lacour, Esmeralda, esses nomes bastam, como me basta a silenciosa presença deles a meu lado. Esmeralda olhava, maravilhada, os carrascos da orquestra. Coco Lacour sorria. Sou o anjo da guarda deles. Viremos todas as tardes ao Bois de Boulogne para melhor sentir a suavidade do verão. Entraremos neste principado misterioso com seus lagos, suas aleias silvestres e seus salões de chá afogados sob a vegetação. Nada mudou aqui, desde nossa infância. Você se lembra? Você brincava de rolar o aro nas aleias do Pré Catelan. O vento acariciava os cabelos de Esmeralda. Seu professor de piano dissera-me que ela progredia nas aulas. Ela aprendia o solfejo segundo o método Beyer e breve tocaria trechos de Wolfgang Amadeus Mozart. Coco Lacour incinerava um charuto, timidamente, como se pedisse desculpa. Amo-os. Nem uma sombra de sentimentalismo no meu amor. Penso: se não fosse eu, eles seriam pisoteados. Miseráveis, enfermos. Sempre silenciosos. Um sopro, um gesto seria suficiente para quebrá-los. Comigo, nada têm a temer. Por vezes me assalta a vontade de abandoná-los. Escolheria um momento privilegiado. Essa tarde, por exemplo. Eu me levantaria e lhes diria em voz baixa: "Esperem, volto logo." Coco Lacour balançaria a cabeça. O pobre sorriso de Esmeralda. Seria necessário que eu desse os dez primeiros passos sem olhar para trás. Depois tudo prosseguiria facilmente. Correria até o carro e arrancaria depressa. O mais difícil: não afrouxar o apertão durante os poucos segundos que precedem o sufocamento. Mas nada vale o alívio infinito que se sente no momento em que o corpo se distende e desce muito lentamente para o fundo. É tão verdadeiro para o suplício da banheira quanto para a traição de abandonar alguém na noite, depois de ter prometido retornar. Esmeralda divertia-se com qualquer coisinha. Ela soprava pelo canudinho e fazia espumar seu refresco. Coco Lacour fumava seu charuto. Assim que me assalta a vertigem de abandoná-los, observo-os, um e outro, atento aos seus menores gestos, espiando as expressões de seus rostos, como quem se agarra ao parapeito de uma ponte. Se os abandonasse, cairia de novo na solidão do começo. Estamos no verão, eu me dizia, para me tranquilizar. Todo mundo vai voltar no mês que vem. Era verão, de fato, mas ele se prolongava de modo suspeito. Nenhum automóvel mais em Paris. Mais nenhum pedestre. De quando em vez as badaladas de um relógio rompiam o silêncio. Na curva de uma avenida, sob o sol, cheguei a pensar que vivia um pesadelo. As pessoas tinham saído de Paris no mês de julho. No fim da tarde se reuniam pela última vez nos cafés dos Champs-Elysées e do Bois de Boulogne. Nunca como nesses instantes eu experimentara a tristeza do verão. É a estação dos fogos de artifício. Todo um mundo prestes a desaparecer brilhava pela última vez sob a folhagem e as lanternas japonesas. As pessoas se atropelavam, falavam muito alto, riam, beliscavam-se nervosamente. Escutavam-se o quebrar de copos, o bater de portas. O êxodo começava. Durante todo o dia, passeio nesta cidade que naufraga. As chaminés soltam fumaça: eles queimam seus velhos documentos antes de fugir. Não querem sobrecarregar-se com bagagens inúteis. Filas de carros escoam em direção às portas de Paris, e eu me sento num banco. Gostaria de acompanhá-los na sua fuga, mas nada tenho a salvar. Quando tiverem partido, surgirão sombras que formarão uma ronda à minha volta. Reconhecerei alguns rostos. As mulheres estão muito pintadas, os homens têm uma elegância cafona: sapatos de crocodilo, paletós multicoloridos, anéis de platina. Alguns chegam a exibir, a troco de nada, uma fileira de dentes de ouro. Eis-me às voltas com indivíduos pouco recomendáveis: ratos que tomam posse de uma cidade depois que a peste dizimou seus habitantes. Eles me dão uma carteira de polícia, uma permissão de porte de armas e solicitam que me infiltre numa organização a fim de desmantelá-la. Desde minha infância, prometi tantas coisas que não cumpri, marquei tantos encontros aos quais não fui, que me parecia "coisa de criança" tornar-me um traidor exemplar. "Esperem, já volto..." Todos esses rostos contemplados uma última vez antes que a noite os engolisse... Alguns não podiam nem imaginar que eu os abandonava. Outros me encaravam com olhos vazios: "Escuta, você vai voltar?" Lembro-me também dessas curiosas pontadas no coração a cada vez que olhava meu relógio: esperam-me há cinco, dez, vinte minutos. Ainda não perderam a confiança. Tinha vontade de correr até o lugar do encontro e a vertigem, em geral, durava uma hora. Denunciar é muito mais fácil. Nada mais do que alguns segundos, só o tempo de entregar nomes e endereços com precipitação na voz. Alcaguete. Tornar-me-ia assassino até, se eles quisessem. Abateria minhas vítimas com um silenciador. Em seguida, contemplaria seus óculos, chaveiros, lenços, gravatas – pobres objetos que só têm importância para os seus donos e que me comovem ainda mais do que o rosto dos mortos. Antes de matá-los não tiraria os olhos de uma das partes mais humildes de suas pessoas: os sapatos. Engana-se quem crê que a excitação febril das mãos, as mímicas do rosto, o olhar, a entonação da voz sejam as únicas coisas capazes de comover, imediatamente. O patético, para mim, encontra-se nos sapatos. E, quando sentir remorso de tê-los matado, não pensarei nem no seu sorriso, nem nas suas qualidades morais, mas nos seus sapatos. Além disso, as sórdidas tarefas de polícia miúda rendem estupidamente bem nos dias de hoje. Estou com os bolsos lotados de notas. Minha riqueza me é útil para proteger Coco Lacour e Esmeralda. Sem eles, estaria muito só. Às vezes penso que eles não existem. Eu sou este cego ruivo e esta minúscula garotinha vulnerável. Excelente ocasião para me enternecer comigo mesmo. Um pouco mais de paciência. As lágrimas virão. Vou enfim conhecer as doçuras da *self-pity*, como dizem os judeus ingleses. Esmeralda me sorria. Coco Lacour chupava seu charuto. O velho senhor e a velha senhora, com vestido azul-escuro. As mesas vazias à nossa volta. Os lustres que esqueceram de apagar... Temia, a cada instante, ouvir os automóveis deles freando sobre os cascalhos do calçamento. As portas do carro bateriam, eles se aproximariam, a passos lentos, cadenciados. Esmeralda fazia bolhas de sabão e olhava-as voar, franzindo o cenho. Uma delas estourava no rosto da velha senhora. As árvores tremulavam. A orquestra tocava os primeiros acordes de uma czarda, depois de um foxtrote e uma marcha militar. Brevemente não se saberá mais qual é a música. Os instrumentos resfolegam, soluçam e revejo o rosto deste homem que arrastaram até o salão, com as mãos amarradas por um cinto. Ele queria ganhar tempo e lhes fez, primeiramente, caretas gentis, como se procurasse distraí-los. Não podendo mais dominar seu medo, ele tentou provocá-los: lançava-lhes piscadelas, descobria seu ombro direito com sacudidelas bruscas, esboçava uma dança do ventre com todos os seus membros tremendo. Não é possível ficar aqui nem mais um segundo. A música vai morrer, após um último sobressalto. Os lustres vão se apagar.

– Uma partida de cabra-cega? – Excelente ideia! – Não teremos necessidade de vendar os olhos. – A escuridão será o bastante. – Você começa, Odicharvi! – Espalhem-se!
Andam maciamente. Ouve-se quando abrem a porta do armário. Sem dúvida querem esconder-se lá dentro. Tem-se a impressão de que engatinham ao redor da escrivaninha. O assoalho range. Alguém tropeça num móvel. A silhueta de outro se recorta na janela. Risos guturais. Suspiros. Seus movimentos aceleram-se. Devem correr em todas as direções.
– Te peguei, Baruzzi. – Que falta de sorte! Eu sou Helder. – Quem está aí? – Adivinhe! – Rosenheim? – Não! – Costachesco? – Não! – Jura pela sua mãe morta?
– Vamos prendê-los esta noite – afirma o Khédive. O tenente e todos os membros da organização. TODOS. Essa gente sabota nosso trabalho.

– Você ainda não entregou o endereço de Lamballe – murmura o Senhor Philibert. – Quando vai se decidir, garoto? Vamos!...
– Deixe-o respirar, Pierrot.
A luz retorna subitamente. Eles piscam os olhos. Estão em volta da escrivaninha. – Estou de goela seca. – Bebamos, caros amigos, bebamos! – Uma canção, Baruzzi! Uma canção! – *Era uma vez um barquinho...* – Continue, Baruzzi, continue! –... *que ja-ja-ja-ja-jamais navegara...* – Querem que lhes mostre minhas tatuagens? – propõe Frau Sultana. Rasga a blusa. Sobre cada seio desenha-se uma âncora. A baronesa Lydia Stahl e Violette Morris jogam-na no chão e acabam de despi-la. Ela se debate, foge dos abraços e excita as duas, soltando gritinhos. Violette Morris corre atrás dela pelo salão onde, num canto, Zieff chupa uma asa de frango.
– É uma delícia comer nesses tempos de restrição. Sabem o que fiz, ainda agorinha? Fiquei diante do espelho e besuntei a cara com patê de *foie gras*! *Foie gras* a 15 mil francos a porção! (Solta grandes gargalhadas.) – Um pouco mais de conhaque? – propõe Pols de Helder. – Já não se encontra mais disso. Está valendo 100 mil francos a garrafa de um quarto de litro. Cigarros ingleses? Eles vêm para mim diretamente de Lisboa. Vinte mil francos o maço.
– Vão me chamar brevemente de "Chefe de Polícia" – afirma o Khédive com uma voz seca.
Seu olhar perde-se imediatamente no vazio.
– À saúde do Chefe! – berra Lionel de Zieff.

Titubeia e se desmorona sobre o piano. Seu copo caiu-lhe das mãos. O Senhor Philibert consulta um dossiê em companhia de Paulo Hayakawa e Baruzzi. Os irmãos Chapochnikoff ocupam-se com o gramofone. Simone de Bouquereau admira-se no espelho.

Die Nacht
Die Musik
Und dein Mund

cantarola a baronesa Lydia, esboçando uns passos de dança.
– Uma sessão de pan-eurritmia sexual-divina? – relincha o mago Ivanoff com sua voz de garanhão.
O Khédive os observa tristemente. – Vão me chamar de Senhor Chefe. Ergue a voz: "O Senhor Chefe de Polícia!" Esmurra a escrivaninha. Os outros nem prestam atenção ao seu acesso de mau humor. Ele se levanta, entreabre a janela esquerda do salão. – Venha para perto de mim, garoto, preciso da sua presença! Um rapaz tão sensível como você! Tão receptivo... Você acalma meus nervos!...
Zieff ronca sobre o piano. Os irmãos Chapochnikoff desistiram de fazer funcionar o gramofone. Inspecionam os vasos de flor, um a um, corrigindo a posição de uma orquídea, acariciando as pétalas de uma dália. Às vezes viram-se para o Khédive e lançam-lhe olhares amedrontados. Simone de Bouquereau parece fascinada pelo seu rosto, no espelho. Seus olhos violeta crescem, sua tez torna-se cada vez

mais pálida. Violette Morris está assentada no canapé de veludo ao lado de Frau Sultana. Estenderam a palma das mãos brancas para o mago Ivanoff.

— Observou-se uma alta do volfrâmio — afirma Baruzzi.

— Posso obtê-lo para vocês por preços interessantes. Estou com muito cartaz com Guy Max, do escritório de compras da rua Villejust.

— Pensava que ele se ocupasse somente com têxteis — diz o Senhor Philibert.

— Mudou de ramo — diz Hayakawa. — Vendeu seus estoques a Macias-Reoyo.

— Talvez você prefira os couros crus — sugere Baruzzi.

— O couro cromado aumentou 100 francos.

— Odicharvi me falou de três toneladas de lã penteada que ele queria passar adiante. Pensei em você, Philibert.

— Que tal 36 mil baralhos, a serem entregues amanhã de manhã? Você poderia revendê-los a bom preço. É o momento. Iniciaram a *Schwerpunkt Aktion* no começo do mês.

Ivanoff perscruta a palma da mão da marquesa. — Não digam nada! — berra Violette Morris. — O mago lhe prediz o futuro! Calados! — Que pensa disso, garoto? — pergunta-me o Khédive. — Ivanoff controla as mulheres com uma varinha de condão. Sua famosa varinha de metais leves! Elas não podem mais viver sem ele! Místicas, meu caro! Ele aproveita! Velho palhaço! — Reclina-se na beirada da janela. Embaixo há uma praça calma como as que existem no *XVIe arrondissement*. Os postes lançam uma esquisita luz azulada sobre a folhagem e o quiosque de música. – Você sabe, meu filho, que essa residência onde estamos pertenceu antes da guerra ao Senhor de Bel-Respiro? (Sua voz torna-se cada vez mais rouca.) Encontrei num armário cartas que ele escrevia à mulher e aos filhos. Era muito ligado à família. Olhe, aqui está ele! – Mostra um retrato em tamanho natural pendurado entre as duas janelas. – O próprio Senhor de Bel-Respiro em uniforme de oficial dos sipaios! Observe bem todas essas condecorações! Sim, isto é *francês* até a alma!

– Dois quilômetros quadrados de *rayon* – propõe Baruzzi. – Eu lhe darei quase de graça! Cinco toneladas de biscoitos? Os vagões estão parados na fronteira espanhola. Você conseguirá rapidamente as ordens de suspensão do bloqueio. Só peço uma pequena comissão, Philibert.

Os irmãos Chapochnikoff andam ao redor do Khédive, sem ousar dirigir-lhe a palavra. Zieff dorme com a boca aberta. Frau Sultana e Violette Morris deixam-se ninar pelas palavras de Ivanoff: fluxo astral... pentagrama sagrado... especiarias da terra-mãe... grandes ondas telúricas... pan-eurritmia mágica... Bételgeuse... Mas Simone Bouquereau encosta a testa no espelho.

– Todas essas transações financeiras não me interessam – decide o Senhor Philibert.

Baruzzi e Hayakawa, desapontados, esgueiram-se até a poltrona de Lionel de Zieff e cutucam seu ombro para despertá-lo. O Senhor Philibert consulta um dossiê, com um lápis na mão.

— Veja bem, meu caro menino — retoma o Khédive (dir-se-ia que vai realmente se derreter em lágrimas) —, eu não recebi nenhuma educação. Estava sozinho quando enterraram meu pai e passei a noite deitado sobre seu túmulo. E fazia muito frio naquela noite. Aos 14 anos, a colônia penitenciária em Eysses... o batalhão disciplinar... Fresnes... Eu só conhecia marginais como eu... A vida...

— Acorda, Lionel! — grita Hayakawa.

— Temos coisas importantes a lhe dizer — completa Baruzzi.

— Nós lhe arranjaremos 15 mil caminhões e duas toneladas de níquel se você nos der uma comissão de quinze por cento. — Zieff pisca os olhos, enxuga a testa com um lenço azul-celeste. — Tudo o que vocês quiserem, desde que a gente se entulhe até estourar as tripas. Vocês não acham que engordei nesses dois últimos meses? Isso é gostoso, nesses tempos de restrição. — Ele se dirige pesadamente até o canapé e enfia a mão no decote de Frau Sultana. Ela se debate e o esbofeteia com toda a força. Ivanoff solta um risinho de escárnio.

— Tudo o que vocês quiserem, queridinhos — repete Zieff com uma voz esganiçada. — Tudo o que quiserem. — Está bem para amanhã de manhã, Lionel? — pergunta Hayakawa. — Posso falar com Schiedlausky? Para você, oferecemos um vagão de borracha como brinde.

O Senhor Philibert, sentado ao piano, desfia pensativo algumas notas.

— No entanto, garoto — retoma o Khédive —, sempre tive sede de respeitabilidade. Não me confunda, por favor, com esse pessoal que está aqui...

Simone Bouquereau maquia-se no espelho. Violette Morris e Frau Sultana têm os olhos fechados. O mago, aparentemente, invoca os astros. Os irmãos Chapochnikoff conservam-se próximos do piano. Um deles dá corda no metrônomo, um outro estende uma partitura ao Senhor Philibert.

— Lionel de Zieff, por exemplo! — sussurra o Khédive. — Posso lhe contar coisas do arco-da-velha sobre esse tubarão! E sobre Baruzzi! Hayakawa! Todos os outros! Ivanoff? Um imundo chantagista! A baronesa Lydia Stahl é uma puta...

O Senhor Philibert folheia a partitura. De quando em vez marca o compasso. Os irmãos Chapochnikoff lançam-lhe olhares temerosos.

— Você sabe, garoto — retoma o Khédive —, todos os ratos aproveitaram-se dos recentes acontecimentos para subir à tona! Eu mesmo... mas isto é outra história! Não se fie nas aparências! Em breve receberei neste salão as pessoas mais respeitáveis de Paris. Vão me chamar de Senhor Chefe! SENHOR CHEFE DE POLÍCIA, compreendeu? — Ele se vira e aponta o retrato em tamanho natural. — Eu, eu mesmo! Como oficial dos sipaios! Olhe as condecorações! A medalha da Legião de Honra! A Cruz do Santo Sepulcro! A Cruz de São Jorge da Rússia! Danilo de Montenegro, Torre e Espada de Portugal! Nada tenho a invejar do Senhor de Bel-Respiro! Posso olhá-lo de cabeça erguida!

Bate os calcanhares.

O silêncio bruscamente.

É uma valsa que ele toca. A torrente de notas hesita, se expande, e se espraia sobre as dálias e as orquídeas. O Senhor Philibert senta-se, muito empertigado. Fechou os olhos.

– Está escutando, meu filho? – pergunta o Khédive.

– Olhe suas mãos! Pierre pode tocar horas e horas, sem vacilar! Nunca tem câimbras! Um artista!

Frau Sultana balança levemente a cabeça. Aos primeiros acordes, ela saiu do seu torpor. Violette Morris levanta-se e valsa solitária até a outra extremidade do salão. Paulo Hayakawa e Baruzzi calaram-se. Os irmãos Chapochnikoff escutam embevecidos. O próprio Zieff parece hipnotizado pelas mãos do Senhor Philibert, que se apressam sobre o teclado. Ivanoff, com o queixo estendido, perscruta o teto. Mas Simone Bouquereau acaba de se maquiar diante do espelho veneziano, como se nada acontecesse.

Ele executa os acordes com todas as suas forças, inclina o busto, conserva os olhos fechados. A valsa está cada vez mais arrebatadora.

– Está gostando, garoto? – pergunta o Khédive.

O Senhor Philibert torna a fechar o piano, brutalmente. Levanta-se esfregando as mãos e caminha até o Khédive. Depois de um momento:

— Acabamos de fisgar alguém, Henri. Distribuição de panfletos. Prendemos em flagrante. Breton e Reocreux tratam dele no porão.

Os outros ainda estão aturdidos com a valsa. Nada falam e permanecem imóveis, no lugar onde a música os deixou.

— Falava-lhe de você, Pierre — murmura o Khédive. — Dizia-lhe que você é um rapaz sensível, um melômano incomparável, um artista...

— Obrigado, obrigado, Henri. É verdade, mas eu odeio as palavras pomposas! Você deveria ter explicado a este jovem que eu era um policial, nada mais!

— O melhor tira da França! Foi um ministro quem disse!

— Faz muito tempo, Henri!

— Naquela época, Pierre, eu teria tido medo de você! O inspetor Philibert! Puxa vida!... Quando eu for Chefe de Polícia, vou te promover a comissário, meu caro!

— Cale-se!

— Você gosta de mim um pouco, pelo menos, não?

Um berro. Depois dois. Depois três. Extremamente agudos. O Senhor Philibert consulta o relógio. — Quarenta e cinco minutos, já. Deve estar cedendo! Vou ver! — Os irmãos Chapochnikoff atravessam seu caminho. Os outros aparentemente não ouviram nada.

— Você é a mais linda — afirma Paulo Hayakawa à baronesa Lydia, oferecendo-lhe uma taça de champanhe. — É mesmo? — Frau Sultana e Ivanoff olham-se dentro dos olhos. Baruzzi dirige-se sorrateiramente até Simone Bouquereau,

mas Zieff passa-lhe uma rasteira. Baruzzi carrega na sua queda um vaso de dálias. – Agora nós brincamos de ser galanteadores? Não damos mais atenção ao querido gordinho Lionel? – Ele gargalha e se abana com seu lenço azul-celeste. – É o cara que eles pegaram – murmura o Khédive –, o tal dos panfletos! Estão cuidando dele! Ele vai acabar se arrebentando, meu caro. Quer vê-lo? – À saúde do Khédive! – berra Lionel de Zieff. – À saúde do inspetor Philibert – completa Paulo Hayakawa, acariciando a nuca da baronesa. Um berro. Depois dois. Um prolongado gemido.
– Fale ou morra! – vocifera o Khédive.
Os outros não prestam a mínima atenção. A não ser Simone de Bouquereau, que se maquiava diante do espelho. Ela se volta. Seus olhos violeta enormes engolem grande parte do seu rosto. Há um risco de batom sobre seu queixo.

Continuamos escutando, por alguns minutos ainda, a música. Ela esvaiu-se no momento em que atravessávamos o Carrefour des Cascades. Eu dirigia. Coco Lacour e Esmeralda estavam sentados no banco dianteiro. Corríamos numa das estradinhas do Bois de Boulogne. O inferno começa na fronteira do Bois: bulevar Lannes, bulevar Flandrin, avenida Henri-Martin. Esse bairro residencial é o mais terrível de Paris. O silêncio que aí reinava antigamente, depois das oito horas da noite, tinha qualquer coisa de tranquilizador. Silêncio burguês de feltro, de veludo e de boa educação. Adivinhávamos as famílias reunidas na sala, depois do jantar. Agora já não se sabe o que se passa atrás das grandes fachadas negras. De vez em quando um automóvel passava por nós, com todos os faróis apagados. Eu temia que ele parasse e nos barrasse a passagem. Pegamos a avenida Henri-Martin. Esmeralda cochilava. Depois das onze horas, as garotinhas têm dificuldade de conservar os olhos abertos. Coco Lacour divertia-se com o painel do automóvel, virava o botão do rádio. Ignoravam ambos quanto era frágil a sua felicidade. Somente eu me preocupava. Éramos três crianças que atravessávamos, num grande automóvel, trevas maléficas. E, se por acaso houvesse luz numa janela, eu não deveria confiar. Conheço bem o bairro. O Khédive me encarregava de vasculhar residências particulares para recolher objetos de arte: mansões estilo Segundo Império, *Folies* do século XVIII, mansões estilo 1900 com vitrais, imitações de castelos góticos. Elas abrigavam apenas um porteiro apavorado que o proprietário esquecera durante a fuga. Batia à porta, mostrava minha carteira de policial e inspecionava o local. Guardo a lembrança de longos passeios: Maillot, la Muette, Auteuil, estes eram meus paradeiros. Eu me sentava num banco, à sombra das castanheiras. Ninguém nas ruas. Podia visitar todas as casas do bairro. A cidade me pertencia.

Praça do Trocadéro. Do meu lado Coco Lacour e Esmeralda, esses dois companheiros talhados em pedra. Mamãe me dizia: "Temos os amigos que merecemos." Ao que eu lhe respondia que os homens falam demais para o meu gosto e que não suporto os enxames de varejeiras que saem da boca deles. Essa lenga-lenga me provoca enxaqueca. Perco o fôlego e já o tenho muito curto. O tenente, por exemplo, é um conversador prodigioso. Sempre que entro no seu escritório, ele se levanta e começa seu discurso por "meu jovem amigo" ou "meu camaradinha". A seguir as palavras se sucedem numa cadência frenética, sem que ele tenha tempo de articulá-las realmente. Ele só diminui o débito para melhor me submergir no minuto seguinte. Sua voz toma entonações cada vez mais agudas. No final, ele chilreia e suas palavras estrangulam-se na garganta. Bate o pé, agita os braços, se convulsiona, soluça, recupera-se subitamente e retoma seu discurso com uma voz monótona. Ele conclui por um "fibra, meu velho", que sussurra nos limites do sufocamento.

No começo ele me disse: "Preciso de você. Nós faremos um bom trabalho. Eu fico na clandestinidade, com o restante dos meus homens. Sua missão: infiltrar-se no meio dos nossos adversários. Informar-nos, da maneira mais discreta possível, das intenções desses cafajestes." Ele me delimitava claramente: para ele e seu estado-maior, a pureza e o heroísmo. Para mim, o trabalho sujo da espionagem e do jogo duplo. Relendo naquela noite a *Antologia dos traidores, de Alcibíades ao capitão Dreyfus*, pareceu-me que, afinal, o jogo duplo e – por que não? – a traição conviriam ao meu caráter irrequieto. Falta de força de caráter para me enfileirar ao lado dos heróis. Muita indolência e descuido para fazer de mim um verdadeiro cafajeste. Ao contrário, flexibilidade, o gosto do movimento e uma evidente gentileza. Subíamos pela avenida Kléber. Coco Lacour bocejava. Esmeralda tinha adormecido e sua cabecinha rolara sobre meu ombro. É hora, para eles, de dormir. Avenida Kléber. Naquela noite tomáramos o mesmo caminho, depois de termos saído do Heure Mauve, um cabaré nos Champs-Elysées. Uma humanidade bastante flácida colava-se ao redor das mesas de veludo vermelho e sobre os tamboretes diante do bar: Lionel de Zieff, Costachesco, Lussatz, Méthode, Frau Sultana, Odicharvi, Lydia Stahl, Otto da Silva, os irmãos Chapochnikoff... Penumbra úmida. Perfumes egípcios flutuavam. Havia assim, em Paris, algumas pequenas ilhas onde se fazia força para ignorar "o desastre acontecido nos dias precedentes" e onde se estagnavam uma alegria de viver e uma frivolidade de pré-guerra. Considerando todos esses rostos, eu me repetia uma frase, lida em algum lugar: "um rastaquerismo com tonalidades de traições e de assassinatos..." Ao lado do bar um gramofone tocava:

Boa-noite
Linda senhora
Eu vim
Dizer-lhe boa-noite...

O Khédive e o Senhor Philibert arrastaram-me para fora. Um Bentley branco aguardava, no final da rua Marbeuf.

Tomaram lugar ao lado do chofer, e eu me sentei no banco traseiro. Os postes vomitavam levemente uma luz azulada. – Não tem importância – afirmava o Khédive, apontando o chofer. – Eddy vê no escuro.

– Neste momento – dissera-me o Senhor Philibert pegando-me pelo braço – há inúmeras oportunidades para um jovem. É preciso escolher o melhor partido e quero ajudar você, meu rapaz. Vivemos numa época perigosa. Você tem grandes mãos brancas e uma saúde muito delicada. Preste atenção. Se quer um conselho, não brinque de herói. Fique bem sossegado. Trabalhe conosco: é isto, ou o martírio, ou o hospício. – Um pequenino bico como informante da polícia, por exemplo, você não toparia, hein? – me perguntou o Khédive. – Muito bem remunerado – completou o Senhor Philibert. – E perfeitamente legal. Nós lhe daremos uma carteira de polícia e uma permissão de porte de armas. – Trata-se de infiltrar-se numa organização clandestina para desmantelá-la. Você nos informará sobre os hábitos desses senhores. – Com um mínimo de prudência, não suspeitarão de você. – Parece-me que você inspira confiança. – E que lhe dariam comunhão sem necessidade de confissão. – Você tem um sorriso cativante. – E belos olhos, rapaz! – Os traidores têm sempre um olhar cristalino. – Falavam mais celeremente. Por fim eu tinha a impressão de que falavam ao mesmo tempo. Esses enxames de mariposas azuis saíam da boca deles... Tudo o que eles quisessem, desde que se calem de vez em quando e me deixem dormir. Alcaguete, traidor, assassino, mariposas...

— Vamos levá-lo ao nosso novo QG — decidiu o Senhor Philibert. É uma mansão no *square* Cimarosa, 3 bis. — Aí a gente apronta umas farras — acrescentou o Khédive. — Com todos os nossos amigos. — *Home, sweet home* — cantarolou o Senhor Philibert.

Quando entrei no salão, a frase misteriosa voltou à minha memória: "Um rastaquerismo com tonalidades de traições e assassinatos." Estavam todos presentes. Chegavam outros, a cada instante. Danos, Codébo, Reocreux, Vital-Léca, Robert Branquelo... Os irmãos Chapochnikoff serviam-lhes champanhe. — Proponho-lhe uma entrevista particular — sussurrou-me o Khédive. — Suas impressões? Você está tão pálido. Uma bebida forte? — Ele me oferecia uma taça, cheia até à boca com um líquido rosado. — Você sabe — disse-me, abrindo a janela e me empurrando para o balcão —, eu sou, a partir de hoje, o senhor de um império. Não se trata somente de um serviço de polícia supletivo. Nós controlaremos gigantescos negócios! Manteremos mais de quinhentos batedores! Philibert me assessorará na parte administrativa! Tirei bom proveito dos acontecimentos extraordinários que vivemos nestes últimos meses! — O calor estava tão pesado que embaçava as vidraças do salão. Trouxeram-me de novo uma taça de líquido rosado que bebi evitando um engulho. — E depois (ele me acariciava a face com o dorso da mão) você poderá me dar conselhos, me orientar algumas vezes. Eu não recebi educação. (Falava cada vez mais baixo.) Aos 14 anos, a colônia penitenciária de Eysses; a seguir, o batalhão disciplinar; o abandono... Mas tenho sede de respeitabilidade, ouviu? – Seus olhos brilhavam. Raivoso: "Serei em breve o SENHOR CHEFE!" Martela com os punhos a borda do balcão: "O SENHOR CHEFE... O SENHOR CHE-FE!" e logo seu olhar perde-se no vazio.

Embaixo, na praça, as árvores transpiravam. Eu tinha vontade de partir, mas já era tarde, sem dúvida. Ele me deteria pelo punho e, mesmo que me desgarrasse, eu deveria atravessar o salão, abrir caminho através desses grupos compactos, sofrer o ataque de um milhão de vespas zumbindo. A vertigem. Grandes círculos luminosos, dos quais eu era o ponto central, giravam cada vez mais rápidos e meu coração batia como se fosse arrebentar.

– Está se sentindo mal? – Ele me toma pelo braço, me leva, me faz sentar no divã. – Os irmãos Chapochnikoff – quantos seriam exatamente? – corriam de um lado para outro. O conde Baruzzi tirava de uma pasta negra um maço de notas que mostrava a Frau Sultana. Um pouco mais longe, Rachid von Rosenheim, Paulo Hayakawa e Odicharvi falavam com animação. Outros, que eu não distinguia. Pareceu-me que toda essa gente se esfacelava ali mesmo por causa da sua enorme volubilidade, dos seus gestos entrecortados, e dos perfumes pesados que eles exalavam. O Senhor Philibert estendia-me uma carteirinha verde com uma tarja vermelha. – Você faz parte do Serviço de agora em diante;

inscrevi você com o nome de "Swing Troubadour". – Cercavam-me todos, levantando taças de champanhe. – À saúde de Swing Troubadour! – lançou-me Lionel de Zieff e deu uma forte gargalhada que lhe deixou o rosto congestionado. – À saúde de Swing Troubadour! – ladrou a baronesa Lydia. Naquele momento – se não me falha a memória – tive uma súbita vontade de tossir. Revi o rosto de mamãe. Ela se inclinava sobre mim e, como todas as noites, antes de apagar a luz, me sussurrava no ouvido: "Você vai acabar no cadafalso." – À sua saúde, Swing Troubadour – murmurava um dos irmãos Chapochnikoff e me tocava medrosamente o ombro. Os outros me apertavam por todos os lados, aglutinavam-se sobre mim, como moscas.

Avenida Kléber. Esmeralda fala dormindo. Coco Lacour esfrega os olhos. É hora, para eles, de irem dormir. Não sabem quanto é frágil a sua felicidade. De nós três, apenas eu me preocupo.

– Lamento, meu filho – diz o Khédive –, que você tenha escutado esses gritos. Eu também não aprecio a violência, mas este indivíduo distribuía panfletos. Isso é muito ruim.

Simone Bouquereau olha-se de novo no espelho e retoca sua maquiagem. Os outros, relaxados, redescobrem uma amabilidade que se adapta perfeitamente a este lugar. Estamos num salão burguês, após o jantar, no momento dos velhos licores.

– Uma bebida para reanimar, garoto? – propõe o Khédive.
– O "período turbulento" que atravessamos – nota o mago Ivanoff – exerce sobre as mulheres uma influência afrodisíaca. – A maioria das pessoas deve esquecer o perfume do conhaque, nestes tempos de restrição – zomba Lionel de Zieff. – Pior pra eles! – Que querem? – murmura Ivanoff. – Quando o mundo está naufragando... mas atenção, caro amigo, eu não tiro proveito disso. Tudo é na base da pureza, comigo.
– O couro cromado... – começa Pols de Helder.
– Um vagão inteiro de volfrâmio... – encadeia Baruzzi.
– E uma comissão de vinte e cinco por cento... – esclarece Jean-Farouk de Méthode.
O Senhor Philibert, grave, entra no salão, dirige-se ao Khédive. – Partimos em quinze minutos, Henri. Primeiro objetivo: o tenente, praça do Châtelet. Em seguida, os outros membros da organização, nos seus endereços respectivos. Uma bela pescaria! O jovem nos acompanhará! Não é mesmo, meu pequeno Swing Troubadour? Prepare-se! Dentro de quinze minutos! – Um gole de conhaque para lhe dar coragem, Troubadour? – propõe o Khédive. – E não se esqueça de desembuchar o endereço de Lamballe – acrescenta o Senhor Philibert. – Entendeu?
Um dos irmãos Chapochnikoff – mas quantos serão eles, exatamente? – permanece de pé no meio do salão, com um

violino encostado na bochecha. Pigarreia, depois põe-se a cantar com uma bela voz de baixo:

Nur
Nicht
Aus Liebe weinen...

Os outros acompanham a cadência, batendo palmas. O arco arranha muito lentamente as cordas, acelera o vaivém, acelera ainda... A música torna-se mais e mais rápida.

Aus Liebe...

Círculos luminosos crescem, como quando se joga uma pedra dentro d'água. Começam a girar sob o pé do violinista e atingem agora as paredes do salão.

Es gibt auf
Erden...

O cantor perde o fôlego, parece que vai sufocar depois de ter lançado um último agudo. O arco corre sobre as cordas, com velocidade crescente. Poderão seguir acompanhando ainda por muito tempo a cadência, batendo palmas?

Auf dieser Welt...

O salão gira agora, gira, e, solitário, o violinista permanece imóvel.

nicht nur den Hainen...

Quando você era criança, você tinha medo de andar nesses carrosséis, que rodopiam cada vez mais vertiginosamente e que se chamam bichos-da-seda. Lembre-se...

Es gibt so viele...

Você gritava, mas isso de nada adiantava, o bicho-da-seda continuava a rodar.

Es gibt so viele...

E você teimava insistentemente em embarcar naqueles bichos-da-seda. Por quê?

Ich lüge auch...

Eles se levantam, batendo palmas... o salão roda, roda, inclusive parece se inclinar. Eles vão perder o equilíbrio, os vasos de flores vão se arrebentar no chão. O violinista canta impetuosamente:

Ich lüge auch...

Você urrava, mas isto não adiantava nada. Ninguém poderia escutá-lo na algazarra do parque de diversão.

Es muss ja Lüge sein...

O rosto do tenente. Dez, vinte outros rostos, que você não tem tempo de reconhecer. O salão roda depressa demais, como antigamente rodava o bicho-da-seda "Sirocco", no Luna-Park.

den mir gewahlt...

Passados cinco minutos, ele girava tão velozmente que já não se distinguiam os rostos dos que permaneciam na pista, olhando.

Heute dir gehoren...

No entanto, às vezes, agarravam-se de passagem um nariz, uma mão, uma gargalhada, dentes, ou dois olhos arregalados. Os olhos azul-escuros do tenente. Dez, vinte outros rostos. Aqueles cujos endereços foram denunciados há pouco e que vão ser presos nesta noite. Felizmente eles desfilavam muito depressa, ao ritmo da música, e não há tempo de ajuntar os seus traços.

und Liebe scworen...

Sua voz torna-se ainda mais impetuosa, ele se agarra ao violino com a expressão desvairada de um náufrago.

Ich liebe jeden...

Os outros batem, batem, batem palmas, suas bochechas incham-se, seus olhos enlouquecem, vão todos certamente morrer apopléticos...

Ich lüge auch...

O rosto do tenente. Dez, vinte outros rostos dos quais se distinguem agora as feições. Eles irão ser presos daqui a pouco. Dir-se-ia que pedem um acerto de contas. Durante alguns minutos, não há arrependimento nenhum por ter-se entregado os endereços. Diante destes heróis que perscrutam com seu olhar claro, fica-se tentado a gritar bem alto a sua qualidade de delator. Mas pouco a pouco o verniz de seus rostos se trinca, perdem sua arrogância e a bela certeza que os iluminava se apaga como uma vela soprada. Uma lágrima escorre na face de um deles. Um outro reclina a cabeça e olha você tristemente. Um outro encara você com estupor, como se ele não esperasse isto de sua parte...

Als ihr bleicher Leib im Wasser...

Seus rostos giram, giram muito lentamente. Ao pararem, eles lhe murmuram doces represenões. Depois, à medida que giram, suas feições se contraem, nem prestam mais atenção em você, seus olhos e a boca deles exprimem um medo pavoroso. Pensam seguramente no destino que os aguarda. Tornaram-se de novo aquelas crianças que, no escuro, pediam socorro à mamãe...

Von den Büchern in die grosseren Flüsse...

Você se recorda de todas as gentilezas que lhe fizeram. Um deles lhe lia as cartas da noiva.

Als ihr bleicher Leib im Wasser...

Um outro usava sapatos de couro negro. Um outro conhecia o nome de todas as estrelas. O REMORSO. Estes rostos nunca mais deixarão de girar e, doravante, você dormirá mal. Mas uma frase do tenente volta à sua memória: "Os caras da minha organização são duros na queda. Morrerão, se for preciso, sem abrir o bico." Então, muito bem. Novamente seus rostos se endurecem. Os olhos azul-escuros do tenente. Dez, vinte outros olhares carregados de desprezo. Já que querem morrer em estado de graça, que morram!

Im Flussen mit Rielen has...

Ele se calou. Pousou o violino sobre a lareira. Os outros, aos poucos, se acalmam. Uma espécie de torpor os invade. Jogam-se sobre o sofá e as poltronas. – Você está muito pálido, meu filho – murmura o Khédive. – Não se deixe impressionar. A caçada será muito limpa.

É agradável estar num balcão, ao ar livre, e esquecer por um instante essa sala onde o perfume das flores, o falatório e a música davam vertigem. Uma noite de verão, tão suave e silenciosa que você crê amar.

– É claro, nós aparentamos todas as características do gangsterismo. Os homens que emprego, nossos métodos brutais, o fato de ter proposto um trabalho de informante de polícia, logo a você que tem uma fascinante carinha de menino Jesus, tudo isso não depõe muito a nosso favor, infelizmente.

As árvores e o quiosque da praça nadam numa luz ruça. – E esta humanidade que orbita em torno do que chamo nossa "oficina": tubarões, semiprostitutas, inspetores de polícia exonerados, morfinômanos, donos de casas noturnas, enfim todos esses marqueses, condes, barões e príncipes que não constam do Gotha...

Embaixo, na beirada do passeio, uma fila de automóveis. Deles. São manchas sombrias na noite.

– Tudo isso, posso compreender, pode impressionar um jovem bem-educado. Mas (sua voz toma uma entonação irada), se você se encontra nesta noite em companhia de gente tão pouco recomendável, é que, apesar de sua carinha de coroinha... (Muito terno.) É que nós pertencemos ao mesmo mundo, meu senhor.

A luz dos lustres queima o rosto deles, corroendo como um ácido. Suas feições murcham, a pele encarquilha, suas cabeças vão indubitavelmente ficar minúsculas como aquelas que os índios jivaros colecionam. Um perfume de flores e de carne murcha. Em breve não sobrarão dessa assembleia senão bolhas que estourarão na superfície de um pântano. Eles já patinham num lodaçal róseo e o nível sobe, sobe até os joelhos deles. Eles não vão viver por muito tempo mais.

— A gente se aborrece aqui — afirma Lionel de Zieff.

— É hora de ir embora — diz o Senhor Philibert. — Primeira etapa: praça do Châtelet. O tenente!

— Você vem, garoto? — pergunta o Khédive. — Lá fora, blecaute, como sempre. Eles se repartem ao acaso pelos automóveis. — Praça do Châtelet! — Praça do Châtelet! — As portas dos automóveis batem. Arrancam velozmente. — Não os ultrapasse, Eddy! — ordena o Khédive. A visão de toda essa gente fina me eleva o moral.

— Dizer que nós sustentamos todo esse bando de estroinas! — suspira o Senhor Philibert. — Um pouco de indulgência, Pierre. Nós fazemos negócios com eles. São nossos associados. Para o melhor e para o pior.

Avenida Kléber. Buzinam, seus braços esticam-se fora das janelas, agitam-se, balançam-se no ar. Ziguezagueiam, derrapam, chocam-se ligeiramente. Ganha quem se arriscar mais, fizer mais barulho no blecaute. Champs-Elysées. Concorde. Rua de Rivoli. — Estamos indo para uma região que conheço bem — diz o Khédive. — Os Halles, onde passei toda a minha adolescência, descarregando carroças de legumes... Os outros desapareceram. O Khédive sorri e acende um cigarro com seu isqueiro de ouro maciço. Rua de Castiglione. A coluna da praça Vendôme, que se insinua à esquerda. Praça das Pyramides. O automóvel vai cada vez mais vagarosamente, como se tivesse chegado próximo de uma fronteira. Passada a rua do Louvre, a cidade parece se abaixar subitamente.

— Estamos entrando no "ventre de Paris" — observa o Khédive.

Um odor inicialmente insuportável, mas ao qual se habitua, sufoca você, mesmo que as vidraças do carro estejam fechadas. Devem ter transformado o Halles num abatedouro.

— O "ventre de Paris" — repete o Khédive.

O automóvel desliza sobre o calçamento úmido. Chapiscos inundam o carro. Lama? Sangue? De todo modo, alguma coisa morna.

Atravessamos o bulevar de Sébastopol e desembocamos numa grande esplanada. Demoliram todas as casas ao redor e delas não restam senão pedaços de paredes recobertos com farrapos de papel mural. Nos escombros adivinha-se a localização das escadarias, das lareiras, dos armários. O local onde se achava a cama. E o tamanho dos cômodos. Havia aqui um aquecedor. Lá, uma pia. Alguns preferiam papéis estampados com flores; outros, uma imitação das telas de Jouy. Pensei, inclusive, ter visto um cromo que ficou dependurado na parede. Praça do Châtelet. O café Zelly's, onde o tenente e Saint-Georges devem me encontrar à meia-noite. Qual atitude tomarei quando se encaminharem em minha direção? Os outros já estão sentados às mesas, quando entramos, o Khédive, Philibert e eu. Eles vêm correndo nos cercar. Cada um se empenha em ser o primeiro a nos cumprimentar. Eles nos agarram, nos apertam, nos sacodem. Alguns nos cobrem o rosto de beijos, outros fazem carinhos na nossa nuca, outros puxam gentilmente a gola do nosso paletó. Reconheço Jean-Farouk de Méthode, Violette Morris e Frau Sultana. – Como vai? – pergunta-me Costachesco. Abrimos caminho através do ajuntamento que se formou. A baronesa Lydia conduz-me até uma mesa onde se encontram Rachid von Rosenheim, Pols de Helder, o conde Baruzzi e Lionel de Zieff. – Um pouco de conhaque? – propõe-me Pols de Helder. – Não se encontra mais disso em Paris, está valendo 100 mil francos o quarto de litro. Beba! – Enfia o gargalo entre meus dentes. Em seguida, Von Rosenheim mete um cigarro inglês na minha boca e brande um isqueiro de platina engastado de esmeraldas. A luz aos poucos enfraquece, seus gestos e vozes fundem-se numa penumbra suave e, de repente, com uma nitidez extraordinária, apareceu-me o rosto da princesa de Lamballe, que um soldado da Guarda Nacional viera buscar na prisão de La Force: "Levantai-vos, Madame. Precisais ir à Abadia." Diante de mim seus estoques e seus rostos contorcidos. Por que ela não gritou: "VIVA A NAÇÃO!", como lhe pediram? Se um deles me arranhasse a testa com um estoque: Zieff? Hayakawa? Rosenheim? Philibert? O Khédive? Bastará esta pequena gota de sangue para que os tubarões caiam em cima de mim. Não mexer mais. Gritar tantas vezes quantas quiserem: "VIVA A NAÇÃO!" Despir-me, se necessário for. Tudo que quiserem! Mais um minuto ainda, senhor carrasco. A qualquer preço. Rosenheim, novamente, mete um cigarro inglês na minha boca. O do condenado à morte? Aparentemente a execução não será na noite de hoje. Costachesco, Zieff, Helder e Baruzzi dão-me testemunho de grande amabilidade. Inquietam-se com minha saúde. Tenho bastante dinheiro? Claro que sim. O fato de ter entregado o tenente e todos os membros da sua organização vai me render uma centena de milhar de francos, graças aos quais comprarei algumas echarpes de Charvet e um casaco de vicunha, prevendo o inverno. A menos que acertem as minhas contas até lá. Os covardes, ao que parece, sempre morrem de uma forma vergonhosa. O médico me dizia que, antes de morrer, cada homem se transforma numa caixinha de música e que se ouve, durante uma fração de segundo, a ária que melhor corresponde ao que foram sua vida, seu caráter e suas aspirações. Para alguns é uma valsinha, para outros uma marcha militar. Um outro geme uma canção cigana que termina com um soluço ou um grito de pânico. Para VOCÊ, meu chapa, será o ruído de uma lata de lixo chutada na noite para dentro de um terreno baldio. E, ainda há pouco, enquanto atravessávamos aquela esplanada, do outro lado do bulevar de Sébastopol, pensei: "É aqui que terminará sua aventura." Lembro-me do itinerário em ladeira lenta que me trouxe a este lugar, um dos mais desolados de Paris. Tudo começa no Bois de Boulogne. Lembra-se? Você brinca com seu aro sobre o gramado do Pré Catelan. Os anos passam, você segue pela avenida Henri-Martin e encontra-se no Trocadéro. Logo depois a praça de l'Étoile. Uma avenida diante de você, margeada de lampadários faiscantes. Para você, ela se assemelha à imagem do futuro, carregada de belas promessas – como se diz. A embriaguez corta a sua respiração, na entrada desta via real, mas trata-se apenas da avenida Champs-Elysées, com seus bares cosmopolitas, suas mulheres de luxo e o Claridge, oásis assombrado pelo fantasma de Stavisky. Tristeza do Lido. Etapas pungentes são o Fouquet's e o Colisée. Tudo já vinha falsificado. Praça de la Concorde, você calça sapatos de couro de lagarto, uma gravata de bolinhas brancas e uma carinha de gigolô. Depois de uma volta pela região de "Madeleine-Opéra", tão vil quanto a "Champs-Elysées", você segue seu itinerário e isto que o médico chama de sua DE-COM-PO-SI-ÇÃO MO-RAL sob as arcadas da rua de Rivoli. Continental, Meurice, Saint James e d'Albany, onde trabalho como rato de hotel. As clientes ricas fazem-me subir algumas vezes a seus quartos. Ao alvorecer, remexo na bolsa delas e lhes roubo algumas joias. Mais longe, o hotel Rumpelmayer com perfumes de carnes murchas. As bichas que a gente agride, de noite, nos jardins do Carroussel, para lhes furtar suspensórios e carteiras. Mas minha visão torna-se repentinamente mais clara: eis-me aqui, no conforto, no ventre de Paris. Onde se situa exatamente a fronteira? Basta atravessar a rua do Louvre e a praça do Palais Royal. Você entra no Halles seguindo por ruelas fétidas. O ventre de Paris é uma selva listrada de neons multicoloridos. Ao seu redor, caixotes de legumes derrubados e sombras que carregam gigantescos pedaços de búfalo. Alguns rostos macilentos e atrevidamente maquiados surgem por um momento e logo desaparecem. De agora em diante tudo é possível. Você será recrutado para as mais sórdidas tarefas antes que acertem definitivamente suas contas. E, se você escapar – por uma derradeira astúcia, uma derradeira covardia desse povo todo de peixeiras imundas e carniceiros emboscados na sombra, você vai morrer um pouco adiante, do outro lado do bulevar de Sébastopol, no meio dessa esplanada. Esse terreno baldio. O médico disse. Você chegou enfim ao término do seu itinerário e já não pode mais voltar atrás. Muito tarde. Os trens não funcionam mais. Nossos passeios dominicais, nos arredores da cidade, esta linha de estrada de ferro fora de uso...

    Fazíamos, seguindo-a, o contorno de Paris. Porta de Clignancourt. Bulevar Pereire. Porta Dauphine. Mais adiante, Javel... As estações dessa linha foram transformadas em depósitos ou em cafés. Algumas foram deixadas intactas e eu podia acreditar que um trem passaria por lá de um momento para outro, mas o relógio, há cinquenta anos, marcava a mesma hora. Sempre senti uma ternura peculiar pela gare d'Orsay. A ponto de esperar lá, ainda, os grandes trens azul-celestes que nos levam à Terra Prometida. Como não vêm, atravesso a ponte Solférino assobiando uma java. Depois, tiro de minha carteira a fotografia do doutor Marcel Petiot, pensativo, no banco dos réus, tendo, atrás dele, aquelas pilhas de valises: esperanças, projetos abortados, e o juiz, apontando-as, pergunta-me: "Dize, o que fizeste da tua juventude?", enquanto meu advogado (minha mãe, no caso, pois ninguém aceitou me defender) tenta persuadi-lo, e aos membros do júri, de que "no entanto era um rapaz que prometia", "um rapaz ambicioso", um desses rapazes dos quais se diz: "terá um belo futuro." "A prova, Senhor Juiz: essas valises, atrás dele, são de excelente qualidade. Couro russo, Senhor Juiz." "De que vale, minha senhora, a qualidade dessas valises já que elas nunca partiram?" E todos me condenam à morte. Hoje, você precisa ir deitar-se cedo. Amanhã é dia de grande movimento no bordel. Não esqueça suas maquiagens e seu batom. Ensaie mais uma vez diante do espelho: seu piscar de olhos deve ter a suavidade do veludo. Você encontrará maníacos que lhe exigirão as coisas mais inacreditáveis. Esses tarados me amedrontam. Se não os satisfaço, vão me liquidar. Por que ela não gritou: "VIVA A NAÇÃO!?" Eu repetirei tantas vezes quantas queiram. Sou a mais dócil das putas. – Beba, beba mesmo – me diz Zieff com voz suplicante. – Um pouco de música? – propõe Violette Morris. O Khédive dirige-se a mim, sorrindo: – O tenente vai chegar dentro de dez minutos. Você vai cumprimentá-lo normalmente. – Uma canção sentimental – pede Frau Sultana. – SENTI-MEN-TAL – berra a baronesa Lydia. – Então, você dará um jeito de arrastá-lo para fora do café. – "Negra noche", por favor – pede Frau Sultana. – De modo que possamos prendê-lo mais facilmente. Depois iremos prender os outros nas suas casas. – "Five Feet Two" – requebra-se Frau Sultana. – É minha canção favorita. Uma bela pescaria em perspectiva. – Agradeço as suas informações, garoto. – Ah, assim não! – afirma Violette Morris. – Quero escutar "Swing Troubadour"! – Um dos irmãos Chapochnikoff gira a manivela do gramofone. O disco está arranhado. Tem-se a impressão de que a voz do cantor vai estilhaçar-se daqui a pouco. Violette Morris acompanha o ritmo, murmurando a letra:

> Mas tua namorada está viajando
> Pobre Swing Troubadour

O tenente. Seria uma ilusão devido à minha enorme exaustão? Em certos dias eu percebia que ele me tratava com intimidade. Sua arrogância cedera e sua fisionomia amolecia. Sobrava apenas diante de mim uma senhora velhíssima que me encarava com ternura.

> Colhendo rosas primaveris
> Tristemente ela compôs um buquê...

Uma preguiça, um desânimo tomava conta dele, como se ele tomasse consciência, de repente, de que nada podia fazer por mim. Ele repetia: "Seu coração de empregadinha doméstica, empregadinha, empregadinha..." Ele queria dizer, sem dúvida, que eu não era um "mau sujeito" (uma das suas expressões). Gostaria, naqueles momentos, de agradecer-lhe a gentileza que me demonstrava, ele que era sempre tão seco, tão autoritário normalmente, mas não tinha palavras. Afinal eu conseguia balbuciar: "Deixei meu coração em Batignolles" e desejava que esta frase lhe revelasse minha verdadeira natureza: a de um rapaz bastante frustrado, emotivo – não – pouco ativo e muito bonzinho.

Pobre Swing Troubadour
Pobre Swing Troubadour...

O disco para. – Martíni seco, meu jovem? – pergunta Lionel de Zieff. – Os outros se aproximam de mim. – Um mal-estar, de novo? – pergunta o marquês Baruzzi. – Acho que você está muito pálido. – E se o levássemos para tomar ar? – propõe Rosenheim. – Ainda não tinha notado a grande fotografia de Pola Negri, atrás do balcão do café. Seus lábios não se movem, sua fisionomia é plácida e impregnada de serenidade. Ela observa toda essa cena com indiferença. A foto amarelada torna-a ainda mais distante. Pola Negri nada pode fazer por mim.

O tenente. Entrou no café Zelly's em companhia de Saint-Georges, por volta da meia-noite, conforme o combinado. Tudo se passou rapidamente. Faço-lhes um sinal. Não ouso encará-los. Arrasto-os para fora do café. O Khédive, Gouari e Vital-Léca cercam-nos imediatamente, revólver em punho. Neste instante, encaro-os, olho no olho. Eles me observam, inicialmente com estupefação, depois com uma espécie de desprezo alegre. Quando Vital-Léca lhes estende as algemas, eles se libertam, correm na direção do bulevar. O Khédive dispara três tiros. Eles tombam na esquina da praça com a avenida Victoria.

São aprisionados na hora seguinte:
Corvisart: avenida Bosquet, 2;
Pernety: rua de Vaugirard, 172;
Jasmin: bulevar Pasteur, 83;
Obligado: rua Duroc, 5;
Picpus: avenida Félix-Faure, 17;
Marbeuf e Pelleport: avenida de Breteuil, 28.

Eu batia, em cada endereço, à porta e, para lhes inspirar confiança, dizia meu nome.

Dormem. Coco Lacour ocupa o maior quarto da casa. Instalei Esmeralda num quarto azul que certamente devia pertencer à filha dos proprietários. Estes abandonaram Paris em junho "em consequência dos acontecimentos". Voltarão quando a antiga ordem for restabelecida – quem sabe? – na próxima estação... e nos expulsarão de sua residência. Confessarei diante do juiz que penetrei por arrombamento neste domicílio. O Khédive, Philibert e outros comparecerão junto comigo. O mundo terá retomado suas cores habituais. Paris chamar-se-á novamente a Cidade-Luz e o tribunal escutará, com um dedo no nariz, a enumeração de nossos crimes: delações, torturas, roubos, assassinatos, tráficos de toda espécie – coisas que são, no momento em que escrevo estas linhas, moeda corrente. Quem aceitará depor a meu favor? O Forte de Montrouge, numa manhã de dezembro. O pelotão de fuzilamento. E todos os horrores que Madeleine Jacob escreverá a meu respeito. (Não leia, mamãe.) De todo modo, meus cúmplices me matarão antes que a Moral, a Justiça, o Humano tenham voltado à tona para me confundir. Gostaria de deixar algumas lembranças: pelo menos transmitir à posteridade os nomes de Coco Lacour e Esmeralda. Nesta noite velo por eles, mas por quanto tempo ainda? Que farão, sem mim? Foram meus únicos companheiros. Doces e silenciosos como gazelas. Vulneráveis. Lembro-me de ter recortado numa revista a fotografia de um gato salvo dum afogamento. O pelo encharcado, pingando lama. Em seu pescoço amarraram uma corda, em cuja extremidade fora presa uma pedra. Nenhum olhar me pareceu tão bondoso quanto o desse gato. Coco Lacour e Esmeralda pareciam-se com ele. Ouçam-me bem: não sou membro da Sociedade Protetora dos Animais nem da Liga dos Direitos Humanos. O que faço? Caminho através de uma cidade desolada. À noite, por volta das nove horas, ela se afunda no blecaute e o Khédive, Philibert, todos os outros formam uma ronda à minha volta. Os dias são brancos e tórridos.

Preciso encontrar um oásis, senão arrebento: meu amor por Coco Lacour e Esmeralda. Suponho que até mesmo Hitler sentia necessidade de se relaxar, acariciando seu cão. EU OS PROTEJO. Quem lhes quiser fazer mal, terá que se ver comigo. Apalpo o silencioso que o Khédive me deu. Meus bolsos estão lotados de grana. Uso um dos mais ilustres nomes da França (roubei-o, mas isto não tem a mínima importância nos dias de hoje). Peso 98 quilos, em jejum. Olhos de veludo. Um rapaz que "prometia". Mas prometia o quê? Todas as fadas se reclinaram sobre meu berço. Estavam bêbadas, sem dúvida. Vocês estão diante de um osso duro de roer. Então, NÃO OS TOQUEM! Encontrei-os pela primeira vez na estação de metrô Grenelle e compreendi que um gesto, um sopro bastaria para quebrá-los. Pergunto-me por qual milagre estavam lá, ainda vivos. Pensei no gato salvo do afogamento. O gigante ruivo e cego chamava-se Coco Lacour, a menininha – ou a velhinha – Esmeralda. Diante desses dois seres, senti piedade. Uma maré acre e violenta me submergia. Depois, com a ressaca, uma vertigem me invadiu: empurrá-los nos trilhos do metrô. Tive que enfiar as unhas na palma da mão e me enrijecer. A maré me afogou novamente e o desencadeamento das ondas era tão suave que me deixei levar, de olhos fechados.

Todas as noites, abro a porta do quarto deles, o mais suavemente possível, olho-os dormindo, sinto a mesma vertigem da primeira vez: tirar o silencioso do meu bolso e matá-los. Romperia a última amarra e atingiria esse Polo Norte onde não há nem mesmo o recurso das lágrimas para suavizar a solidão. Elas se congelam nos cílios. Uma mágoa seca. Dois olhos arregalados diante de uma vegetação árida. Se ainda hesito em me livrar desse cego e dessa menininha – ou dessa velhinha – pelo menos trairei o tenente? Este tem, contra ele, sua coragem, sua segurança e o garbo que envolve o menor dos seus gestos. Seu olhar azul e direto me exaspera. Ele pertence à raça incômoda dos heróis. No entanto, não consigo evitar vê-lo como uma senhora velhíssima e indulgente. Não levo os homens a sério. Um dia chegarei a vê-los, todos – inclusive eu –, com o olhar que pouso agora sobre Coco Lacour e Esmeralda. Os mais duros, os mais orgulhosos me aparecerão como doentes que precisam de proteção.

 Jogaram dominó chinês na sala, antes de irem deitar-se. A lâmpada lançava uma claridade suave na biblioteca e no retrato em tamanho natural do Senhor de Bel-Respiro. Moviam lentamente as peças do jogo. Esmeralda reclinava a cabeça e Coco Lacour mordiscava seu indicador. O silêncio ao nosso redor. Fechei os postigos. Coco Lacour adormece rapidamente, Esmeralda tem medo do escuro, embora eu deixe sempre sua porta entreaberta e a luz do corredor acesa. Leio para ela, durante uns quinze minutos. Quase sempre uma obra que descobri na mesinha de cabeceira do seu quarto, quando ocupei esta mansão: *Como criar nossas filhas*, de Madame Léon Daudet. "É sobretudo diante do armário de roupa branca que a mocinha começará a experimentar o grave sentimento das coisas da casa. De fato, o armário de roupa branca não é a representação mais imponente da segurança e estabilidade familiares? Atrás das suas portas maciças vemos alinhadas as pilhas de lençóis limpos, as toalhas passadas, os guardanapos bem dobrados; nada é mais repousante, na minha opinião, de se ver do que um belo armário de roupa branca..." Esmeralda adormeceu. Toco algumas notas no piano do salão. Recosto-me à janela. Uma praça calma, como são comuns no *XVIe arrondissement.* A copa das árvores acaricia a vidraça. Acreditaria, com muito boa vontade, que a casa me pertence. A biblioteca, os abajures róseos e o piano tornaram-se familiares para mim. Gostaria de cultivar as virtudes domésticas, como me aconselha Madame Léon Daudet, mas não terei tempo.

Os proprietários retornarão, mais dia, menos dia. O que mais me entristece é que eles expulsarão Coco Lacour e Esmeralda. Não me preocupo comigo. Os únicos sentimentos que animam são: o Pânico (pelo qual cometeria mil covardias) e a Piedade para com meus semelhantes: se suas caretas me apavoram, acho-os todavia muito comoventes. Passarei o inverno no meio desses maníacos? Estou com péssima aparência. Minhas idas e vindas perpétuas, do tenente ao Khédive e do Khédive ao tenente, são extenuantes. Gostaria de agradar a todos (para que me poupassem) e este duplo jogo exige uma resistência física que não tenho. Então, assalta-me bruscamente uma vontade de chorar. Minha despreocupação é substituída por um estado que os judeus ingleses chamam de *nervous breakdown*. Ziguezagueio através de um labirinto de reflexões e daí concluo que essa gente toda, repartida em dois clãs oponentes, está conjurada secretamente para acabar comigo. O Khédive e o tenente são uma só pessoa e eu não sou senão uma mariposa enlouquecida voando entre uma lâmpada e outra e queimando cada vez mais as suas asas.

    Esmeralda chora. Irei consolá-la. Seus pesadelos são curtos e ela dormirá de novo em breve. Esperarei o Khédive, Philibert e os outros jogando dominó chinês. Farei, pela última vez, um balanço da situação. De um lado os heróis "camuflados na sombra": o tenente e os impolutos oficiais do seu estado-maior. De outro, o Khédive e os gângsteres que o acompanham. E eu, oscilando entre os dois com ambições, oh, bem modestas: BARMAN numa estalagem nas cercanias de Paris. Uma grande portada, uma aleia pavimentada com cascalho. Um parque ao redor e um muro cercando. Em tempos desanuviados poder-se-ia ver das janelas do terceiro andar o facho luminoso da Torre Eiffel varrendo o horizonte.

    Barman. A gente se acostuma. Dói, às vezes. Sobretudo por volta dos 20 anos, quando a gente acredita ser solicitado para um destino mais brilhante. Eu não. De que se trata? Preparar os coquetéis. No sábado à noite os pedidos se sucedem num ritmo acelerado. Ginfizz. Alexandra. Dame-Rose. Irish coffee. Uma casquinha de limão. Dois ponches martinicanos. Os clientes, em número cada vez maior, cercam o bar, atrás do qual misturo líquidos das cores do arco-íris.

Não os deixar esperando. Temo que me ataquem, ao menor descuido meu. Se encho seus copos com rapidez, é para mantê-los a distância. Não gosto muito do contato humano. Porto-Flip? Tudo o que quiserem. Distribuo as bebidas alcoólicas. Uma maneira como qualquer outra de proteger-se dos seus semelhantes e – por que não? – de se livrar deles. Curaçau? Marie Brizard? Seus rostos se congestionam. Titubeiam e despencarão daqui a pouco, completamente embriagados. Apoiado no balcão, vou vê-los dormir, não mais poderão me fazer mal. O silêncio, afinal. Meu fôlego sempre curto.

Atrás de mim, as fotos de Henri Garat, de Fred Bretonnel e de algumas outras estrelas do pré-guerra, de quem o tempo velou os sorrisos. Ao alcance da mão, um número de *L'Ilustration* consagrado ao cargueiro *Normandie*. O *grill-room*, os lugares no fundo. A sala de jogos das crianças. O *Fumoir*. O Grande Salão. A festa do 25 de maio, dada em benefício das obras marítimas e presidida por Madame Flandin. Afundado, tudo isso. Estou acostumado. Eu já me encontrava a bordo do *Titanic* quando ele naufragou. Meia-noite. Ouço velhas canções de Charles Trenet:

... Boa-noite
Linda senhora...

O disco está arranhado, mas não me canso de ouvi-lo. Às vezes, ponho um outro no gramofone:

Tudo acabou, não mais passeios
Nem primaveras, Swing Troubadour...

A estalagem, como um batiscafo, encalhou no meio de uma cidade submersa. A Atlântida? Afogados deslizam pelo bulevar Haussmann.

... Teu destino
Swing Troubadour...

No Fouquet's, ficam ao redor das mesas. A maioria perdeu qualquer aspecto humano. Muito dificilmente distinguem-se as vísceras, sob os trapos das vestes estampadas. Gare Saint-Lazare, sala de espera, os cadáveres deambulam em grupos compactos e vejo alguns que fogem pelas portas dos trens de subúrbio. Rua de Amsterdã, eles saem do cabaré Monseigneur, esverdeados, porém mais bem conservados que os precedentes. Prossigo meu itinerário. Elysée-Montmarte. Magic-City. Luna-Park. Rialto-Dancing. Dez mil, 100 mil afogados, com gestos infinitamente langorosos, como personagens de um filme em câmera lenta. O silêncio. Roçam, às vezes, o batiscafo e seus rostos colam-se na escotilha: olhos apagados, bocas entreabertas.

... Swing Troubadour...

Não posso retornar à superfície. O ar se rarefaz, a luz do bar vacila e me reencontro na gare d'Austerlitz no verão.

As pessoas partem para o Sul. Acotovelam-se nos guichês das grandes linhas e sobem nos vagões com destino a Hendaye. Atravessarão a fronteira espanhola. Nunca mais serão vistos. Alguns ainda passeiam às margens do Sena mas se volatilizarão de um momento para outro. Retê-los? Caminho para o Oeste de Paris. Châtelet. Palais-Royal. Concorde. O céu está azul demais, as folhagens tenras demais. Os jardins da Champs-Elysées assemelham-se a uma estação termal. Avenida Kléber. Viro à esquerda. *Square* Cimarosa. *Uma praça calma, como são comuns no* XVIe arrondissement. Um quiosque de música que já não é mais usado e a estátua de Toussaint-Louverture está roída por uma lepra cinzenta. A mansão do 3 bis pertencia anteriormente ao Senhor e Senhora de Bel-Respiro. Aí, em 13 de maio de 1897, deram um baile persa no qual o filho do Senhor de Bel-Respiro recebia os convivas fantasiado de rajá. Esse jovem morreu no dia seguinte, no incêndio do Bazar de la Charité. A Senhora de Bel-Respiro amava a música e particularmente "Le Rondel de L'Adieu", de Isidore de Lara. O Senhor de Bel-Respiro pintava nas suas horas vagas. É necessário que eu dê tais detalhes, pois todo mundo os esqueceu.

O mês de agosto em Paris provoca o afluxo das lembranças. O sol, as avenidas vazias, o farfalhar das castanheiras... Sento-me num banco e contemplo a fachada de tijolos e de pedras. Os postigos estão fechados há muito tempo. No terceiro andar ficavam os quartos de Coco Lacour e Esmeralda. Eu ocupava a mansarda da esquerda. No salão, um autorretrato em tamanho natural do Senhor de Bel-Respiro, em uniforme de oficial dos sipaios. Olhava fixamente, durante longos minutos, seu rosto e seu peito coberto de condecorações. Legião de Honra. Cruz do Santo Sepulcro. Danilo de Montenegro. Cruz de São Jorge da Rússia. Torre e Espada de Portugal. Eu tinha aproveitado a ausência desse homem para me instalar na sua casa. O pesadelo acabará, o Senhor de Bel-Respiro vai voltar e nos expulsar, dizia-me, enquanto se torturava esse pobre-diabo cujo sangue maculava o tapete de Savonnerie. Ocorriam fatos curiosos, no 3 bis, no tempo em que morava lá. Em certas noites eu era acordado por gritos de dor e por idas e vindas no andar térreo. A voz do Khédive. A de Philibert. Olhava pela janela. Duas ou três sombras eram empurradas para dentro dos automóveis estacionados diante do prédio. As portas batiam. Um ruído de motor se distanciando. O silêncio. Impossível voltar a ter sono. Pensava no filho do Senhor de Bel-Respiro e na sua morte pavorosa. Certamente não teria sido criado para aceitar essa ideia. Da mesma forma, a Princesa de Lamballe ficaria estupefata se ouvisse a descrição, alguns anos antes, do seu assassinato. E eu? Quem teria podido prever que me tornaria cúmplice de um bando de torturadores? Mas bastava acender a luz e descer até o salão para que as coisas retomassem seu aspecto anódino. O autorretrato do Senhor de Bel-Respiro continuava lá. O perfume da Arábia que a Senhora de Bel-Respiro usava tinha impregnado as paredes e causava tonteiras. A dona da casa sorria. Eu era seu filho, o tenente da Marinha Maxime de Bel-Respiro, de licença, e assistia a uma dessas recepções que reuniam no 3 bis artistas e políticos: Ida Rubinstein, Gaston Calmette, Frédéric de Madrazzo, Louis Barthou, Gauthier-Villars, Armande Cassive, Bouffe de Saint-Blaise, Frank le Harivel, José de Strada, Mery Laurent, Senhorita Mylo d'Arcille. Minha mãe tocava ao piano "Le Rondel de l'Adieu". De repente notei no tapete de Savonnerie algumas pequenas manchas de sangue. Um dos sofás Luís XV fora derrubado: o cara que gritava há pouco deve, sem dúvida, ter-se debatido enquanto era espancado. Perto da mesinha, um sapato, uma gravata, uma caneta. Torna-se supérfluo evocar mais detalhadamente a sedutora recepção do 3 bis. A Senhora de Bel-Respiro deixara o local. Eu tentava reter os convidados. José de Strada, que recitava um trecho do seu "Abelhas de ouro", interrompia-se petrificado. A Senhorita Mylo d' Arcille desmaiara. Barthou ia ser assassinado. Calmette também. Bouffe de Saint-Blaise e Gauthier-Villars tinham desaparecido. Frank le Harivel e Madrazzo eram apenas duas mariposas apavoradas. Ida Rubinstein, Armande Cassive e Mery Laurent tornavam-se transparentes. Eu me encontrava sozinho diante do autorretrato do Senhor de Bel-Respiro. Eu tinha 20 anos.

    Lá fora, o blecaute. E se o Khédive e Philibert voltassem, com seus automóveis? Decididamente eu não tinha preparo para viver numa época tão tenebrosa. Até o amanhecer, para me dar segurança, eu remexia em todos os armários da casa. O Senhor de Bel-Respiro tinha deixado ao partir um caderno vermelho onde anotava suas lembranças.

Tenho relido muitas vezes esse diário, nessas noites de vigília. "Frank le Harivel morava na rua Lincoln, 8. Foi esquecido, esse perfeito cavalheiro cuja silhueta era outrora familiar aos que passeavam na aleia das Acacias..." "A Senhorita Mylo d'Arcille, uma jovem assaz encantadora da qual se recordam, talvez, ainda, os frequentadores de nossos antigos *music-halls*..." "José de Strada, o 'eremita de La Muette', seria um gênio desconhecido? Aí está uma questão que a mais ninguém interessa." "Aqui faleceu sozinha e na miséria Armande Cassive..." Ele tinha a noção do efêmero, esse homem. "Quem se lembra ainda de Alec Carter, o brilhante jóquei? E de Rita del Erido?" A vida é injusta.

Nas gavetas, duas ou três fotos amareladas, cartas velhas. Um buquê de flores secas sobre a secretária da Senhora de Bel-Respiro. Dentro de uma mala, que ela não levara, alguns vestidos de Worth. Uma noite, vesti o mais bonito: de seda azul, recoberto de tule e enfeitado com uma guirlanda de flores. Não sinto a mínima atração pelo travestismo, mas naquele momento minha situação me parecia tão miserável e tão imensa minha solidão que quis fortalecer meu moral, fingindo uma extrema frivolidade. Diante do espelho veneziano do salão (usava um chapéu Lamballe, onde se misturavam flores, plumas e rendas) tive realmente vontade de rir. Os assassinos aproveitavam-se do blecaute. Você fingirá fazer o jogo deles, dissera-me o tenente, mas ele sabia perfeitamente que, mais dia, menos dia, eu me tornaria cúmplice deles. Então, por que me abandonara? Não se deixa uma criança sozinha na escuridão. No princípio, ela sente medo, vai-se acostumando ao escuro e acaba esquecendo definitivamente o sol. Paris nunca mais se chamará Cidade-Luz, eu usava um vestido e um chapéu que causariam inveja a Emilienne d'Alençon e pensava na leviandade, na despreocupação com que levava minha vida. O Bem, a Justiça, a Felicidade, a Liberdade, o Progresso exigiam demasiados esforços e espíritos mais sonhadores do que o meu, não é mesmo? Refletindo dessa maneira, comecei a me maquiar. Usei os cosméticos da Senhora de Bel-Respiro, *kajal*[2] e *serkis*, este ruge que – ao que parece – devolve à pele das sultanas o aveludado da juventude. Levei a consciência profissional até o ponto de semear no meu rosto pintas em forma de coração, de lua ou de cometa. E depois, para passar o tempo, esperei, até a aurora, o apocalipse.

Cinco horas da tarde. Sol, caem sobre a praça lençóis de silêncio. Penso ter observado uma sombra atrás da única janela que não está fechada. Quem mora ainda no 3 bis? Toco à porta. Alguém desce as escadas. A porta é entreaberta. Uma velha. Ela me pergunta o que quero. Visitar a casa. Ela responde, com voz seca, que é impossível na ausência dos proprietários. Depois, fecha a porta. Ela me observa agora, com a testa colada na vidraça.

Avenida Henri-Martin. Primeiras aleias do Bois de Boulogne. Vamos até o lago Inferieur. Eu ia frequentemente à

---

[2] *Kajal* – cosmético de origem árabe que se usa para pintar as pálpebras, cílios e sobrancelhas. (N. do T.)

ilha em companhia de Coco Lacour e Esmeralda. Nessa época, perseguia meu ideal: considerar de longe – o mais distante possível – os homens, sua agitação, suas ferozes intrigas. A ilha parecia-me um local apropriado, com seus gramados e seu quiosque chinês. Ainda alguns passos. O Pré Catelan. Aí viemos na noite em que denunciei todos os membros da organização. Ou teria sido à Grande Cascade? A orquestra tocava uma valsa antilhana. O velho e a velha, à mesa vizinha à nossa. Esmeralda bebia um refresco, Coco Lacour fumava seu charuto... Dentro em breve o Khédive e Philibert me atormentariam com mais perguntas. Uma ronda ao meu redor, cada vez mais veloz, cada vez mais ruidosa, e eu terminarei cedendo para que eles me deixem em paz. Enquanto esperava, aproveitava esses minutos de trégua. Ele sorria. Ela fazia bolhas com seu canudinho... revejo-os como num daguerreótipo. O tempo passou. Se não escrevesse seus nomes: Coco Lacour, Esmeralda, não haveria nenhum resquício de sua passagem pelo mundo.

Um pouco adiante, a oeste, a Grande Cascade. Nunca íamos além dela: sentinelas guardavam a ponte de Suresnes. Deve ser um pesadelo. Tudo está tão calmo agora, ao longo da aleia à borda d'água. De uma peniche alguém me cumprimentou movendo os braços... Lembro-me de minha tristeza, quando nos aventurávamos até aqui. Impossível atravessar o Sena. Era preciso voltar ao interior do Bois. Eu compreendia que éramos vítimas de uma caçada a cavalo e que eles acabariam nos desentocando. Os trens não funcionavam. Que pena. Gostaria de despistá-los definitivamente. Chegar a Lausanne, numa região neutra. Passeamos, Coco Lacour, Esmeralda e eu, em volta do lago Léman. Em Lausanne, nada temos a temer. É fim de uma bela tarde de verão, como hoje. Bulevar do Sena. Avenida de Neuilly. A porta Maillot. Depois de deixar o Bois, parávamos às vezes no Luna-Park. Coco Lacour gostava dos jogos de bola e da galeria de espelhos deformantes. Subíamos no bicho-da-seda "Sirocco", que rodava cada vez mais rápido. Os risos, a música. Um estande com esta inscrição em letras luminosas: "O Assassinato da Princesa de Lamballe." Via-se uma mulher deitada. Acima do leito, um alvo vermelho, que os jogadores tentavam atingir com seus tiros. Todas as vezes que acertavam na mosca, o leito virava e a mulher caía gritando. Outras atrações sanguinolentas. Tudo aquilo não era para gente de nossa idade e tínhamos medo como três crianças abandonadas no meio de uma festa infernal. De tanto frenesi, tumulto, violências, sobrou o quê? Uma esplanada vazia ao lado do bulevar Gouvion-Saint-Cyr. Conheço a região. Morei aí antigamente. Praça das Acacias. Um quarto no sexto andar. Nestes tempos, tudo corria às mil maravilhas: eu tinha 18 anos e recebia, graças a documentos falsos, uma pensão de aposentadoria da Marinha. Ninguém aparentemente me desejava mal. Poucos contatos humanos: minha mãe, alguns cães, dois ou três velhos e Lili Marlene. Tardes passadas a ler ou passear. A petulância do pessoal de minha idade me espantava. Curtiam a vida, esses rapazes. Os olhos brilhantes. Quanto a mim, queria mesmo não chamar atenção. Uma extrema modéstia. Ternos de cores neutras. Era essa minha opinião. Praça Pereire. De noite, durante o verão, sentava-me na esplanada do Royal-Villiers. Alguém que ocupava a mesa vizinha à minha sorriu-me. Cigarro? Ofereceu-me um maço de Khédives, e começamos a conversar. Ele dirigia uma agência de polícia privada, com um amigo. Os dois propuseram-me trabalhar com eles. Meu olho cândido e minhas maneiras de bom menino lhes haviam agradado. Passei a me ocupar de investigações. A seguir, eles me fizeram trabalhar seriamente: enquetes, buscas de todos os tipos, missões confidenciais. Tinha à minha exclusiva disposição um escritório na sede da agência, na avenida Niel, 177. Meus patrões não tinham nada de recomendável: Henri Normand, apelidado "o Khédive" (por causa dos cigarros que fumava), era um velho condenado pela Justiça; Pierre Philibert, um inspetor-chefe exonerado. Dei-me conta de que me encarregavam de tarefas "pouco conforme à moral". No entanto, nunca me passou pela cabeça a ideia de abandonar o emprego. No meu escritório da avenida Niel tomava consciência das minhas responsabilidades: em primeiro lugar, assegurar o conforto material de mamãe, que se encontrava em grande necessidade. Lamentava ter negligenciado meu papel de arrimo de família mas, agora que trabalhava e recebia um bom salário, eu seria um filho irrepreensível.

Avenida de Wagram. Praça dos Ternes. À minha esquerda a churrascaria Lorraine, onde marcara encontro com ele. Era vítima de chantagem e contava com nossa agência para livrá-lo dessa situação. Seus olhos de míope. Suas mãos tremiam. Perguntou-me gaguejando se eu tinha os "documentos". Respondi-lhe que sim, com voz muito suave, mas que devia me dar 20 mil francos. Em dinheiro vivo. Depois veríamos. Tornamos a nos reencontrar no dia seguinte, no mesmo local. Entregou-me um envelope. A quantia aí estava. Em vez de lhe devolver "os documentos" levantei-me e dei o fora. A gente, inicialmente, hesita em empregar tais procedimentos, depois se habitua. Meus patrões davam-me uma comissão de dez por cento, quando eu lidava com esses negócios. À noite, levava para mamãe carradas de orquídeas. Ela se inquietava ao me ver tão rico. Talvez adivinhasse que eu desperdiçasse minha juventude em troca de algum dinheiro. Nunca me interrogou sobre isso. *O tempo passa muito depressa*

e os anos te deixam.
Um dia, a gente cresceu...

Teria preferido dedicar-me a uma causa mais nobre do que essa pseudoagência de polícia privada. Teria gostado de ser médico, mas os ferimentos, a visão do sangue causam-me indisposição. Por outro lado, aguento muito bem a feiura moral. Naturalmente desconfiado, tenho o hábito de considerar as pessoas e as coisas pelo pior lado, para não ser apanhado desprevenido. Sentia-me então perfeitamente à vontade na avenida Niel, onde só se falava em chantagens, abuso de confiança, furtos, extorsões, tráficos de toda espécie e onde recebíamos clientes que pertenciam a uma humanidade enlameada. (Neste aspecto, meus patrões nada tinham a invejá-los.) Um único ponto positivo: ganhava, como já disse, altos salários. Dou muita importância a isso. Foi na casa de penhora da rua Pierre-Charron (íamos frequentemente, minha mãe e eu, recusavam-se a comprar nossas joias de imitação) que decidi definitivamente que a pobreza me enchia o saco. Pensarão que eu não tenho ideais. Eu tinha a princípio uma grande pureza de alma. Isso se perde pelo caminho. Praça de l'Étoile. Nove horas da noite. As luzes dos postes da Champs-Elysées brilhavam como nos velhos tempos. Não cumpriram suas promessas. Esta avenida, que parece de longe tão majestosa, é um dos lugares mais abjetos de Paris. Claridge, Fouquet's, Hungaria, Lido, Embassy, Butterfly... em cada etapa, encontrava gente nova. Costachesco, o barão de Lussatz, Odicharvi, Hayakawa, Lionel de Zieff, Pols de Helder... Corruptos, abortadores, cavaleiros da indústria, jornalistas venais, advogados e contadores fraudulentos que gravitavam em torno do Khédive e do Senhor Philibert. Aos quais vinham se ajuntar um batalhão de semimundanas, dançarinas de cabaré, morfinômanas... Frau Sultana, Simone Bouquereau, a baronesa Lydia Stahl. Violette Morris, Magda d'Andurian... Meus dois patrões introduziram-me nesse mundo de equívocos. Champs-Elysées. Assim era chamado o paradeiro das sombras virtuosas e heroicas. Então me pergunto por que a avenida onde estou tem esse nome. Aí vejo sombras, mas são as do Senhor Philibert, do Khédive e de seus asseclas. Aqui estão, saindo do

Claridge, de braços dados, Joanovici e o conde de Cagliostro. Usam ternos brancos e anéis de platina. O rapaz tímido que atravessa a rua Lord-Byron chama-se Eugène Weidmann. Imóvel diante do Pam-Pam, Thérèse de Païva, a mais bela puta do Segundo Império. Na esquina da rua Marbeuf, o doutor Petiot me sorriu. Esplanada do Colisée: alguns traficantes do mercado negro bebem champanhe. Entre eles o conde Baruzzi, os irmãos Chapochnikoff, Rachid von Rosenheim, Jean-Farouk de Méthode, Otto da Silva, muitos outros... Se consigo chegar ao Rond-Point escaparei talvez desses fantasmas. Rápido. O silêncio e a vegetação do jardim da Champs-Elysées. Ficava por aí frequentemente. Depois de ter frequentado durante toda a tarde os bares da avenida por motivos profissionais (encontros de "negócios" com os personagens enumerados acima), eu descia até esse jardim buscando um pouco de ar puro. Sentava-me num banco, sem fôlego. Os bolsos abarrotados de dinheiro. Vinte mil. Às vezes 100 mil francos.

Nossa agência era – se não aprovada – pelo menos tolerada pela Delegacia de Polícia: fornecíamos as informações que ela nos pedia. Além disso, chantageávamos os personagens enumerados acima. Acreditavam assim assegurar nosso silêncio e nossa proteção. O Senhor Philibert mantinha frequentes contatos com seus antigos colegas, os inspetores Rothé, David, Jalby, Jurgens, Santoni, Permilleux, Sadowsky, François e Detmar. Quanto a mim, uma das minhas funções era precisamente coletar o dinheiro da chantagem. Vinte mil. Às vezes, 100 mil francos. O dia fora duro. Conversações infindáveis. Revia seus rostos: esverdeados, gordurosos, caras de antropometria. Alguns mostravam-se recalcitrantes e tivera – eu, tão tímido, tão sentimental por natureza – que elevar o tom, declarar-lhes que iria imediatamente à delegacia, se não pagassem. Falava-lhes das fichas que meus patrões me encarregavam de atualizar e nas quais estavam inscritos seus nomes e seu *curriculum vitae*. Nada edificantes, essas fichinhas. Eles puxavam a carteira do bolso, chamando-me de "dedo-duro". Esse qualificativo me machucava.

Encontrava-me sozinho no banco da praça. Certos locais incitam à meditação. Praças fechadas, por exemplo: principados perdidos em Paris, frágeis oásis no meio da confusão e da rudeza dos homens. Tuileries. Luxembourg. Bois de Boulogne. Porém nunca refleti tanto quanto no jardim da Champs-Elysées. Qual seria exatamente minha qualificação profissional? Chantagista? Alcaguete? Contava as notas e retirava meus dez por cento. Irei à loja Lachaume encomendar uma floresta de rosas vermelhas. Escolher dois ou três anéis na joalheria Osterlag. Depois nas lojas Piguet, Lelong e Molyneux, comprar uns cinquenta vestidos. Tudo isso para mamãe. Chantagista, delator, vigarista, dedo-duro, alcaguete, assassino talvez, mas filho exemplar. Era meu único consolo. A noite caía. As crianças deixavam o jardim, depois de uma última volta no carrossel. Lá embaixo os postes da Champs-Elysées acendiam-se de uma só vez. Teria sido melhor – dizia-me – ter ficado na praça das Acacias. Evitar cuidadosamente as esquinas e os bulevares por causa do ruído, dos maus encontros. Mas que ideia estranha ter-me sentado na esplanada do Royal-Villiers, praça Pereire, eu que sou tão discreto, tão precavido e que queria a todo custo me fazer esquecer. No entanto, a gente tem que começar na vida. Não se escapa. Ela sempre acaba nos enviando seus sargentos recrutadores: no caso, o Khédive e o Senhor Philibert. Numa outra noite, sem dúvida, teria topado com personagens mais honrados, que teriam me aconselhado a indústria têxtil ou a literatura. Por não perceber em mim nenhuma vocação particular, esperava que os mais velhos me indicassem uma profissão. Cabia a eles saber quais aptidões preferiam que eu desenvolvesse. Deixava-lhes a iniciativa. Escoteiro? Florista? Tenista? Não: empregado de uma pseudoagência de polícia. Chantagista, dedo-duro, golpista. Isso me espantou, apesar dos pesares. Não tinha as virtudes exigidas para tais tarefas: a maldade, a falta de escrúpulos, o gosto pelas amizades crapulosas. Entrei no negócio corajosamente, como outros preparam-se num curso profissional de bombeiro hidráulico. O mais curioso, com os jovens do meu tipo: tanto podem acabar na glória do Panteão quanto na cova rasa dos fuzilados. Deles se fazem os heróis. Ou os canalhas. Ignorar-se-á que foram arrastados, contra toda sua vontade, numa história sórdida. O que lhes importava: sua coleção de selos e permanecerem quietos, na praça das Acacias, inspirando ritmadamente pequenas doses de ar.

Na espera, enveredava em maus lençóis. Minha passividade, o pouco entusiasmo que manifestava no portal de entrada da vida tornavam-me extremamente vulnerável à influência do Khédive e do Senhor Philibert. Repetia-me as palavras de um médico, meu vizinho de andar, na praça das Acacias: "A partir de 20 anos, dizia, a gente começa a apodrecer. Temos cada vez menos células nervosas, meu filho." Anotei essa observação numa agenda pois é necessário, sempre, aproveitar a experiência dos mais velhos. Ele tinha razão, agora me dava conta. Minhas traficâncias e os personagens perturbadores com os quais convivia fariam desaparecer o rosado da minha cútis. O futuro? Uma corrida em cujo desfecho eu desembocaria num terreno baldio. Uma guilhotina para a qual me arrastavam, sem que eu pudesse retomar meu fôlego. Alguém me murmurava ao ouvido: você não guardará da vida senão este turbilhão no qual se deixou levar... música cigana insistentemente mais veloz para abafar meus gritos. Nesta noite, decididamente, o clima está fresco. Como outrora, na mesma hora, os burricos da aleia central são levados para as estrebarias. Eles carregaram, durante o dia todo, crianças a passear. Desapareceriam pelos lados da avenida Gabriel. Nada se saberá jamais de seus sofrimentos. Uma tal discrição me levava a acreditar nisso. À sua passagem, reencontrava a calma, a indiferença. Tratava de organizar meus pensamentos. Eram raros e extremamente banais, todos. Não tenho vocação para pensar. Muito emotivo para isso. Preguiçoso. Depois de alguns minutos de esforço, acabava chegando sempre à mesma conclusão: morrerei qualquer dia destes. Cada vez menos células nervosas. Um longo processo de apodrecimento. O médico me prevenira. Devo acrescentar que meu trabalho me predispunha às reflexões melancólicas: ser alcaguete e chantagista, aos 20 anos, acaba fechando muitos horizontes na vida. Flutuava na avenida Niel, 177, um cheiro estranho por causa da mobília antiga e do papel de parede. A luz não tinha nitidez. Atrás da escrivaninha, arquivos de madeira onde colocava as fichas dos nossos "clientes". Eu os designava com nomes de plantas venenosas: cogumelo-negro, beladona, boleto, meimendro... Em contato com elas, eu me descalcificava. O perfume pesado da avenida Niel impregnava minhas roupas. Deixava-me contaminar. Qual moléstia? Um processo acelerado de envelhecimento, uma decomposição física e moral, como previra o doutor. E, no entanto, não sinto o menor prazer em situações mórbidas.

Um vilarejo
Um velho campanário

satisfariam minhas ambições. Achava-me, infelizmente, numa cidade, espécie de enorme parque de diversões onde o Khédive e o Senhor Philibert me arrastavam das barracas de tiro ao alvo às montanhas-russas, das marionetes aos bichos-da-seda "Sirocco". Ao final, deitava-me num banco. Não estava preparado para isso. Nunca pedira nada a ninguém. Tinham vindo me procurar.

Alguns passos ainda. À esquerda, o teatro dos Ambassadeurs. Está em cartaz *RONDA DA NOITE*, uma opereta já muito esquecida. A plateia não deve ser grande. Uma velha, um velho, dois ou três turistas ingleses. Percorro um gramado, um último bosquezinho. Praça de la Concorde. As luzes dos postes machucavam meus olhos. Permanecia imóvel, respiração suspensa. Sobre minha cabeça os cavalos de mármore de Marly empinaram-se e com todas as forças tentavam escapar da dominação dos homens. Desejariam cavalgar através da praça. Uma bela extensão, o único lugar de Paris onde se experimenta a embriaguez das grandes altitudes. Paisagem de pedras e faíscas. Lá embaixo, na direção das Tuileries, o Oceano. Eu estava na popa de um cargueiro que vagava rumo ao noroeste, carregando com ele a Madeleine, a Opéra, o palácio Berlitz, a igreja da Trinité. Ele naufragaria a qualquer momento. Descansaríamos amanhã a 5 mil metros de fundura. Não temo mais meus camaradas de bordo. Esgares do barão de Lussatz! Olhar cruel de Odicharvi; a perfídia dos irmãos Chapochnikoff; Frau Sultana fazendo engrossar a veia do braço com um torniquete e injetando-se heroína; Zieff, sua vulgaridade, seu cronômetro de ouro, suas mãos gordurosas cobertas de anéis; Ivanoff e suas sessões de pan-eurritmia sexual-divina; Costachesco, Jean-Farouk de Méthode, Rachid von Rosenheim falando de suas falências fraudulentas; e a coorte de gângsteres que o Khédive recrutava como seus guarda-costas: Armand Maluco, Jo Reocreux, Tony Breton, Vital-Léca, Robert Branquelo, Gouari, Danos, Codébo. Dentro em breve, todas essas personagens tenebrosas seriam presas de polvos, tubarões e moreias. Eu compartilharia seus destinos. De muito boa vontade. Isso me aparecera muito claramente, certa noite, enquanto atravessava a praça de la Concorde, os braços estendidos em cruz. Minha sombra se projetava até o começo da rua Royale, minha mão esquerda chegava ao jardim da Champs-Elysées, minha mão direita à rua Saint-Florentin. Teria podido lembrar-me de Jesus Cristo, mas pensava em Judas Iscariotes. Ele não fora compreendido. Era preciso muita humildade e coragem para assumir toda a ignomínia dos homens. Morrer por isso. Só. Como um herói. Judas, meu irmão mais velho. Éramos, um e outro, desconfiados. Nada esperávamos dos nossos semelhantes, nem de nós mesmos, nem de um salvador eventual. Teria eu a força de seguir teu exemplo até o fim? Um caminho árduo. Escurecia mais e mais, porém meu emprego de informante e chantagista me familiarizava com a escuridão. Registrava os maus pensamentos de meus camaradas de bordo, todos os seus crimes. Depois de algumas semanas de trabalho intensivo na avenida Niel, nada mais me espantava. Podiam inventar, tanto quanto quisessem, novas caretas, seria pura perda de tempo. Observava-os enquanto se agitavam no convés, através das coxias e anotava até suas menores pilhérias. Trabalho inútil, se se levar em conta que a água já invadia o porão. Em breve o *fumoir* e o salão. Tendo em vista a iminência de naufrágio, até mesmo os mais ferozes dos passageiros inspiravam-me compaixão. Até o próprio Hitler, daqui a pouco, viria chorar no meu ombro, como uma criança. As arcadas da rua de Rivoli. Acontecia alguma coisa grave. Observara filas ininterruptas de carros ao longo dos bulevares periféricos. Fugia-se de Paris. A guerra, sem dúvida. Um cataclismo imprevisto. Saindo da loja Hilditch and Key depois de ter escolhido uma gravata, eu analisava esse pedaço de pano que os homens amarram no pescoço. Uma gravata listrada de azul e branco. Também usava nessa tarde um terno bege e sapatos de sola de borracha. Na minha carteira, uma fotografia de mamãe e um bilhete usado de metrô. Acabara de cortar os cabelos. Todos esses detalhes não interessavam a ninguém. As pessoas só pensavam em salvar a própria pele. Cada um por si. Depois de algum tempo, ninguém nas ruas, nem mesmo um automóvel. Até mesmo mamãe partira. Gostaria de chorar mas não conseguia. Esse silêncio, essa cidade deserta correspondia ao meu estado de espírito. Considerei de novo minha gravata e meus sapatos. Havia sol forte. A letra de uma música viera-me à memória:

*Só
desde sempre...*

O destino do mundo? Não lia nem mesmo as manchetes dos jornais. Aliás, não haveria mais jornais. Nem trens. Mamãe embarcara em cima da hora no último Paris–Lausanne. *Só*

*ele sofreu todos os dias
ele chora
com o céu de Paris...*

Uma música suave, como eu gostava. Infelizmente não era hora de romances. Vivíamos – parecia-me – uma época trágica. Não se assobiam refrões de pré-guerra quando tudo agoniza ao redor. Faltava-me compostura. É minha culpa? Nunca tive prazer com muita coisa. Exceto com o circo, as operetas, e o *music-hall*.

Passada a rua de Castiglione, anoiteceu. Alguém me seguia. Deram um tapinha no meu ombro. O Khédive. Previa nosso reencontro. Naquele minuto, naquele lugar. Um pesadelo do qual conhecia com antecedência toda a trama. Ele me puxa pelo braço. Entramos num automóvel. Atravessamos a praça Vendôme. As lâmpadas da rua derramam uma estranha claridade azulada. Uma única janela iluminada, na fachada do Hotel Continental. Blecaute. Será preciso acostumar-se, meu chapa. Ele gargalha, liga o rádio. *Uma doce fragrância que se inspira*

É

Flor azul... uma massa sombria na nossa frente. A Opéra? A igreja de la Trinité? À esquerda o letreiro luminoso do Floresco. Encontramo-nos na rua Pigalle. Ele pisa no acelerador. *Um olhar que te atrai*

É

Flor azul... A obscuridade, de novo. Uma grande lanterna vermelha.

A de *l'Européen* na praça Clichy. Devemos seguir o bulevar dos Batignolles. Os faróis descobrem subitamente uma grade e folhagens. O parque Monceau? *Um encontro no outono*

É

Flor azul... Ele assobia o refrão da canção, acompanha o ritmo balançando a cabeça. Circulamos numa velocidade vertiginosa. Adivinha onde estamos, rapazinho? Ele faz uma virada brusca. Meu ombro bate no dele. Os freios gemem. A luz do hall de entrada não funciona. Subo apertando o corrimão da escada. Ele acende um fósforo e tenho tempo de perceber a placa de mármore na porta: "Agência Normand-Philibert." Entramos. O odor me sufoca, mais enjoativo do que de costume. O Senhor Philibert está de pé, no centro do vestíbulo. Ele nos esperava. Um cigarro balança no canto da sua boca. Ele pisca para mim e, apesar do meu cansaço, consigo sorrir-lhe: pensei que mamãe já se encontrava em Lausanne. Lá não teria nada a temer. O Senhor Philibert leva-nos até seu escritório. Queixa-se da oscilação da corrente elétrica. Essa claridade vacilante que cai da luminária de bronze não me espanta. Sempre foi assim na avenida Niel, 177. O Khédive propõe que bebamos champanhe e tira uma garrafa do bolso esquerdo do paletó. A partir de hoje nossa "agência" vai conhecer – ao que parece – uma expansão considerável. Os recentes acontecimentos nos favoreceram muito. Nós nos instalamos na *square* Cimarosa, 3 bis, numa mansão particular. Terminaram os biscates. Acabam de nos conferir altas responsabilidades. Não é impossível que seja concedido ao Khédive o título de Chefe de Polícia. Há postos a serem ocupados, nesta época conturbada. Nosso papel: realizar diversas investigações, perquirições, interrogatórios, aprisionamentos. O "Serviço do *square* Cimarosa" acumulará duas funções: as de um organismo policial e as de um "escritório de compra", estocando os artigos e matérias-primas impossíveis de serem achados dentro de algum tempo. O Khédive já escolheu umas cinquenta pessoas que trabalharão conosco. Velhos conhecidos. Elas todas figuram, com suas fotos antropométricas, no fichário da avenida Niel, 177. Dito isto, o Senhor Philibert oferece-nos uma taça de champanhe. Brindamos ao nosso sucesso. Seremos – ao que parece – os reis de Paris. O Khédive dá tapinhas no meu rosto e enfia no bolso interno do meu paletó um maço de notas. Falam um com o outro, folheiam dossiês, agendas, telefonam. De tempos em tempos chegam até mim pedaços de conversa. Impossível acompanhar sua lenga-lenga. Saio do escritório, vou para o aposento vizinho: uma sala onde fazíamos esperar nossos "clientes". Sentavam-se em poltronas de couro gasto. Nas paredes, vários cromos representando cenas de vindimas. Um guarda-louça e móveis de pinho americano. Atrás da porta do fundo um quarto com banheiro. Ficava sozinho, à noite, para organizar o fichário. Trabalhava no salão. Ninguém teria acreditado que este apartamento era a sede de uma agência policial. Um casal de capitalistas morava lá antigamente. Eu puxava as cortinas. O silêncio. Uma luz incerta. O perfume de coisas murchas. – Sonhador, rapazinho? – O Khédive solta uma gargalhada e arruma o chapéu diante do espelho. Atravessamos o vestíbulo. No hall do andar, o Senhor Philibert acende uma lanterna. Vamos fazer a festa ainda esta noite, no *square* Cimarosa, 3 bis. Os proprietários partiram. Requisitamos sua casa. É preciso comemorar isso. Depressa. Nossos amigos nos esperam no L'Heure Mauve, um cabaré da Champs-Elysées.

Na semana seguinte, o Khédive me encarrega de informar nosso "Serviço" sobre os modos e ações de um certo tenente Dominique. Recebemos uma notificação sobre ele, onde constavam seu endereço, sua fotografia e a seguinte menção: "A vigiar." É preciso que eu me aproxime, sob um pretexto qualquer, desse personagem. Apresento-me em seu domicílio, na rua Boisrobert, 5, no XVe *arrondissement*. Uma casinha. O próprio tenente me abre a porta. Pergunto pelo senhor Henri Normand. Ele diz que me enganei. Então, explico-lhe meu caso, gaguejando: sou um prisioneiro de guerra fugitivo. Um dos meus companheiros me aconselhou a entrar em contato com o Senhor Normand, na rua Boisrobert, 5, se eu conseguisse escapar. Esse homem me daria proteção. Meu companheiro equivocou-se, indubitavelmente, de endereço. Não conheço ninguém em Paris. Não tenho mais nem um tostão no bolso. Estou realmente desamparado. Ele me olha da cabeça aos pés. Derramo algumas lágrimas para melhor convencê-lo. E depois já estou no seu escritório. Ele afirma com uma bela voz grave que um rapaz de minha idade não se deve deixar desmoralizar pela catástrofe que se abateu sobre nosso país. Mais uma vez, ele me mede da cabeça aos pés. E, de repente, esta pergunta: "Quer trabalhar conosco?" Ele dirige um grupo de caras "espantosos". A maioria é de prisioneiros fugitivos, como eu. Formados em Saint-Cyr. Oficiais da ativa. Alguns civis também. Todos altivos e valentes. O mais belo estado-maior. Levamos adiante uma luta clandestina contra as potências do mal que triunfam nesta hora. Difícil tarefa, mas nada é impossível aos corações valorosos. O Bem, a Liberdade, a Moral serão restabelecidos a curto prazo. Ele, tenente Dominique, garante. Não compartilho do seu otimismo. Penso no relatório que terei de entregar, nesta noite, no *square* Cimarosa, nas mãos do Khédive. O tenente dá outros detalhes: batizou seu grupo Organização dos Cavaleiros da Sombra. O.C.S. Impossível lutar à luz do dia. Viveríamos perpetuamente acossados. Cada membro do grupo adotou, como pseudônimo, o nome de uma estação de metrô. Vai me apresentá-los daqui a pouco. Saint-Georges. Obrigado. Corvisart. Pernety. E outros. Quanto a mim, serei chamado "Princesa de Lamballe". Por que Princesa de Lamballe? Um capricho do tenente. "Você está preparado para entrar na nossa organização? A honra exige. Você não deve hesitar nem um segundo. Então?" Respondo-lhe: "Sim", com a voz hesitante. "Sobretudo não vacile, meu filho. Eu sei, os tempos são tristonhos. Os gângsteres estão na crista da onda. Há um cheiro de podridão no ar. Não vai durar muito. Mantenha forte o espírito, Lamballe." Ele deseja que eu fique na rua Boisrobert mas invento imediatamente um velho tio no subúrbio Que me dará hospitalidade. Combinamos um encontro, amanhã ao meio-dia, na praça das Pyramides, diante da estátua de Joana D'Arc. Até breve,

Lamballe. Ele me olha fixamente, com os olhos apertados e não posso sustentar o fulgor deles. Repete: "Até breve, LAM-BALLE", silabando de modo curioso a palavra: LAM-BALLE. Fecha a porta. Caía a noite. Caminhei ao deus-dará nesse bairro desconhecido. Deviam esperar-me no *square* Cimarosa. Que lhes diria? Em resumo, o tenente Dominique era um herói. Todos os membros do seu estado-maior também... Foi necessário, apesar de tudo, que eu fizesse um relatório circunstanciado ao Khédive e ao Senhor Philibert. A existência da O.C.S. surpreendeu-os. Não esperavam se defrontar com uma atividade dessa envergadura. "Você irá se infiltrar lá dentro. Procure saber os nomes e endereços. Uma bela pescaria em perspectiva." Pela primeira vez na minha vida experimentei o que se chama de um caso de consciência. Muito passageiro, aliás. Pagaram-me 100 mil francos como adiantamento pelas informações que lhes forneceria.

Praça das Pyramides. Você gostaria de esquecer o passado, mas seu passeio leva-o, sem parar, de volta aos cruzamentos dolorosos. O tenente caminhava de lá pra cá, diante da estátua de Joana D'Arc. Apresentou-me um grande rapaz louro, de cabelos curtos, de olhos cor de malva. Saint-Georges. Entramos no jardim das Tuileries e sentamo-nos no bar perto do carrossel. Eu reencontrava o cenário da minha infância. Pedimos três sucos de fruta. O garçom trouxe-os, dizendo que eram os últimos de um estoque de antes da guerra. Em breve não haveria mais suco de fruta. "Podemos dispensá-lo", disse Saint-Georges, sorrindo. Esse jovem me parecia bastante resoluto. "Você é prisioneiro fugitivo?", perguntou-me. "Qual regimento?" "5º de infantaria", respondi com a voz apagada, "mas prefiro esquecer o assunto." Fiz um esforço contra mim mesmo e acrescentei: "Só tenho um desejo: continuar a luta contra tudo." Minha profissão de fé pareceu convencê-lo. Gratificou-me com um aperto de mão. "Reuni alguns membros da organização para lhe apresentar, caro Lamballe", afirmou o tenente. "Eles nos aguardam, na rua Boisrobert." Lá estão Corvisart, Obligado, Pernety e Jasmin. O tenente fala de mim acaloradamente: a tristeza que eu sentia depois da derrota. Minha vontade de retomar a luta. A honra e o reconforto de ser, a partir de hoje, companheiro deles na O.C.S. "Pois bem, Lamballe, vamos lhe confiar uma missão." Ele me explica que vários indivíduos aproveitaram-se dos acontecimentos para deixar livre curso aos seus maus instintos. Nada mais natural, numa época de perturbações e desordem como a nossa. Esses malfeitores gozavam duma total impunidade: a eles foram concedidas carteiras de polícia e permissão de porte de armas. Entregam-se a uma repressão odiosa contra os patriotas e os honestos, cometem todo tipo de delitos. Requisitaram uma mansão particular, no *square* Cimarosa, 3 bis, *XVIe arrondissement*. A empresa deles chama-se publicamente Sociedade Intercomercial Paris-Berlim-Monte Carlo. "São os únicos elementos de que disponho. Nosso dever: neutralizá-los o mais depressa possível. Conto com você, Lamballe. Você irá se infiltrar no meio dessa gente. Informar-nos sobre seus modos e ações. Está nas suas mãos, Lamballe." Pernety oferece-me um cálice de conhaque. Jasmin, Obligado, Saint-Georges e Corvisart me sorriem. Pouco mais tarde, subimos o bulevar Pasteur. O tenente quis me acompanhar até a estação do metrô Sèvres-Lecourbe. Quando nos despedimos, olha-me diretamente dentro dos olhos: "Missão delicada, Lamballe. Jogo duplo, por assim dizer. Mantenha-me a par de tudo. Boa sorte, Lamballe." E se lhe dissesse a verdade? Muito tarde. Pensei em mamãe. Pelo menos ela se encontrava em lugar seguro. Comprara-lhe o palacete em Lausanne graças às comissões que recebia na avenida Niel. Teria podido ir com ela para a Suíça, mas permanecera aqui por preguiça ou indiferença. Já disse que pouco me preocupava com o destino do mundo. Nem mesmo o meu me apaixonava demais. Bastava deixar-me levar pela correnteza. Palha seca. Naquela noite, comunico ao Khédive que entrei em contato com Corvisart, Obligado, Jasmin, Pernety e Saint-Georges. Não sei ainda seus endereços, mas não vai demorar muito. Prometo fornecer-lhe, dentro em breve, todas as informações sobre esses jovens. E sobre outros ainda, que o tenente não demorará a me apresentar. No ritmo em que vão as coisas, realizaremos uma "bela pescaria". Ele repete, esfregando as mãos. "Eu tinha certeza de que você ganharia a confiança deles, com essa sua carinha de vendedor de estatuetas de gesso." De repente, a vertigem me invade. Afirmo-lhe que o chefe dessa organização não é o tenente, como eu acreditava. "Quem, então?" Acho-me à beira de um abismo, bastaria certamente dar alguns passos para me afastar dele. "QUEM?" Mas não tenho forças. "QUEM?" "Um certo LAM-BAL-LE. LAM-BAL-LE." "Muito bem, vamos agarrá-lo logo. Procure identificá-lo." As coisas se complicavam. Seria culpa minha? Confiaram-me, de um lado e doutro, um papel de agente duplo. Não queria desagradar ninguém. Nem o Khédive e Philibert, nem o tenente e seus cadetes altivos. Precisaria escolher, me dizia. "Cavaleiro da sombra" ou agente a soldo da oficina do *square* Cimarosa? Herói ou delator? Nem um, nem outro. Alguns livros, *Antologia dos traidores, de Alcibíades ao capitão Dreyfus, A verdade sobre Joanovici, Os mistérios do cavaleiro d'Eon, Frégoli, o homem de lugar nenhum* esclareceram-me sobre meu papel. Sentia afinidades com toda essa gente. No entanto não sou um leviano. Também experimentei o que chamam de um elevado sentimento. Profundo. Imperioso. O único do qual posso falar com conhecimento de causa e que me teria feito remover montanhas: O MEDO. Paris afundava-se no silêncio e na escuridão. Quando evoco aqueles tempos, tenho a impressão de que falo a surdos ou que minha voz não é bastante alta. EU MOR-RIA DE ME-DO. O metrô diminuía a marcha para atravessar a ponte de Passy. Sèvres-Lecourbe – Cambronne – La Motte-Picquet – Dupleix – Grenelle – Passy. Pela manhã, eu tomava a direção inversa, de Passy a Sèvres-Lecourbe. Do *square* Cimarosa, XVIe *arrondissement*, à rua Boisrobert, XVe *arrondissement*. Do tenente ao Khédive. As idas e vindas de um agente duplo. Estafante. Fôlego curto. "Procure saber os nomes e endereços. Uma bela pescaria em perspectiva. Conto com você, Lamballe. Você nos informará sobre esses gângsteres." Eu gostaria de ter tomado partido, mas tanto a "Organização dos Cavaleiros da Sombra" como a "Sociedade Intercomercial de Paris-Berlim-Monte Carlo" eram-me indiferentes. Alguns maníacos submetiam-me a pressões contraditórias e me atormentariam até que eu morresse de esgotamento. Servia, sem dúvida, de bode expiatório para esses malditos. Eu era o mais fraco deles. Não tinha nenhuma oportunidade de salvação. A época em que vivíamos exigia qualidades excepcionais no heroísmo ou no crime. Eu, verdadeiramente, eu explodia. Papa-vento. Marionete. Fecho os olhos para reencontrar os perfumes e as canções daqueles tempos. Sim, havia um odor de podridão no ar. No cair da tarde, sobretudo. Devo dizer que nunca conheci crepúsculos tão belos. O verão nunca mais acabava de morrer. As avenidas desertas. Paris ausente. Ouvia-se um relógio bater. E esse cheiro difuso que impregnava as fachadas dos imóveis e as copas das castanheiras. Quanto às canções, foram: "Swing Troubadour", "Étoile de Rio", "Je n'en connais pas la fin", "Réginella"... Lembre-se. As lâmpadas dos vagões eram pintadas de violeta, de modo que eu distinguia com dificuldade os outros passageiros. À minha direita, tão próximo, o facho luminoso da Torre Eiffel. Voltava da rua Boisrobert. O metrô parou sobre a ponte de Passy. Desejava que nunca mais partisse e que ninguém nunca viesse me tirar desse *no man's land* entre as duas margens. Nenhum gesto mais. Nenhum ruído. A calma, afinal. Dissolver-me na penumbra. Esquecia seus gritos, os tapinhas que me davam, sua insistência em me puxar para todos os lados. Meu medo cedia lugar a uma espécie de torpor. Acompanhava com os olhos o facho luminoso. Ele rodava, rodava como um vigia prosseguindo sua ronda noturna. Com enfado. Sua claridade enfraquecendo gradualmente. Dentro em breve não sobrará senão um filete de luz quase imperceptível. E eu também, depois de tantas rondas e rondas, milhares e milhares de idas e vindas, acabaria por me perder dentro das trevas. Sem nada compreender. De Sèvres-Lecourbe a Passy. De Passy a Sèvres-Lecourbe. Pela manhã, apresentava-me, por volta das dez horas, no quartel-general da rua Boisrobert. Apertos de mão fraternos. Sorrisos e olhares límpidos desses valorosos rapazes. "Que há de novo, Lamballe?", perguntava-me o tenente. Eu lhe fornecia detalhes cada vez mais precisos sobre a "Sociedade Intercomercial de Paris-Berlim-Monte Carlo". Sim, tratava-se realmente de um serviço policial ao qual se confiavam "serviços sórdidos". Seus dois patrões, Henri Normand e Pierre Philibert, tinham recrutado seu pessoal na canalha. Arrombadores, proxenetas, renegados. Dois ou três condenados à morte. Cada um possuía uma carteira de policial e uma permissão de porte de armas. Uma sociedade fraudulenta gravitava em torno da oficina do *square* Cimarosa. Especialistas em negociatas, morfinômanos, charlatães, semimundanas, que costumam vicejar nas "épocas turbulentas". Todos esses indivíduos sabiam-se protegidos em altas esferas e cometiam as piores exações. Parecia provável, inclusive, que seu chefe, Henri Normand, ditasse suas vontades ao gabinete do Chefe da Polícia e aos tribunais, se é que tais organismos subsistiam ainda. Enquanto desfiava meu relatório ia lendo a consternação e o nojo nos seus rostos. Somente o tenente permanecia impenetrável. "Bravo, Lamballe! Sua missão prossegue. Estabeleça, por favor, uma lista completa dos membros do Serviço do *square* Cimarosa."

Depois, numa manhã, eles me pareceram mais graves que de costume. O tenente pigarreou: "Lamballe, será preciso que você cometa um atentado." Recebi essa afirmação com calma, como se estivesse preparado há muito tempo. "Contamos com você, Lamballe, para nos livrar de Normand e Philibert. Escolha o momento oportuno." Seguiu-se um silêncio durante o qual Saint-Georges, Pernety, Jasmin, todos os outros me encaravam com olhos comovidos. Atrás da sua escrivaninha, o tenente se mantinha imóvel. Corvisart me ofereceu um cálice de conhaque. O do condenado, pensei. Via muito claramente a guilhotina erguida no centro da sala. O tenente desempenhava o papel do carrasco. Quanto aos membros do seu estado-maior, assistiriam à execução lançando-me sorrisos enternecidos. "Então, Lamballe? O que pensa disso?" "Tudo certo", respondi-lhe. Tinha vontade de começar a soluçar e lhes explicar minha delicada situação de agente duplo. Mas há coisas que é preciso guardar consigo. Nunca disse uma palavra além do necessário. Muito pouco expansivo por natureza. Os outros, ao contrário, não hesitavam em me descrever de cima a baixo seus estados de alma. Lembro-me das tardes passadas com os rapazes da O.C.S. Passeávamos nas redondezas da rua Boisrobert, na região de Vaugirard. Escutava-os divagar. Pernety sonhava com um mundo mais justo. Sua face inflamava-se. Tirava da sua carteira fotografias de Robespierre e de André Breton. Eu fingia admirar esses dois indivíduos. Pernety repetia sem parar "revolução", "tomada de consciência", "nosso papel, como intelectuais", com um tom seco que me afligia. Ele usava um cachimbo e sapatos de couro negro – detalhes que me comovem. Corvisart sofria por ser rebento de uma família burguesa. Procurava esquecer seu bairro rico, as quadras de tênis em Aix-les-Bains e as raras iguarias que comia no lanche semanal na casa das suas primas. Perguntava-me se seria possível ser ao mesmo tempo socialista e cristão. Jasmin gostaria de ver a França se levantar com maior vigor. Admirava Henri de Bournazel e conhecia o nome de todas as estrelas. Obrigado escrevia um "diário político". "Devemos testemunhar", explicava-me. "É um dever. Não posso me calar." Entretanto aprende-se muito depressa o mutismo: basta receber dois pontapés nas gengivas. Picpus mostrava-me as cartas da noiva. Um pouco mais de paciência: segundo ele, o pesadelo se dissiparia. Em breve iríamos viver no meio de um mundo pacificado. Contaremos aos nossos filhos as provações que sofremos. Saint-Georges, Marbeuf e Pelleport saíam de Saint-Cyr com o ânimo combativo e o firme propósito de morrer entoando hinos. Eu pensava no *square* Cimarosa, onde teria que fazer meu relatório cotidiano. Eles tinham a sorte, esses rapazes, de cultivar suas quimeras. Para isso a região de Vaugirard adequava-se admiravelmente. Calma, reservada, parecia uma cidadezinha de província. O próprio nome "Vaugirard" evocava a vegetação, a hera, um riacho correndo entre margens cheias de musgo. Num tal retiro, eles podiam dar livre curso às imaginações mais heroicas. Sem nenhum risco. Era a mim que enviavam para se esfregar na realidade e que navegava em água turva. Aparentemente o sublime não me convinha. No final da tarde, antes de tomar o metrô, eu me sentava num banco da praça Adolphe-Chérioux e me deixava penetrar, por alguns minutos ainda, pela suavidade desse vilarejo. Uma casinha com jardim. Convento ou asilo de velhos? Escutava as árvores falarem. Um gato passava diante da igreja. Não sei de onde me chegava uma voz terna: Fred Gouin cantando "Envoi de fleurs". Então me esquecia de que não tinha futuro. Minha vida tomava novo rumo. Um pouco de paciência, como dizia Picpus, e eu sairia vivo do pesadelo. Encontraria um lugar de barman numa hospedaria nos arredores de Paris. BARMAN. Eis o que me parecia corresponder a meus gostos e aptidões. Você se mantém atrás do BAR. Ele protege você dos outros. Esses não sentem, aliás, nenhuma hostilidade por você e se contentam em pedir licores. Você serve-os rapidamente. Os mais agressivos exprimem-lhe os seus agradecimentos. O trabalho de BARMAN era muito mais nobre do que se julgava, o único que merecia uma atenção particular ao lado do de tira e de médico. Tratava-se de quê? Preparar coquetéis. Uma espécie de sonho. Um remédio contra a dor. No balcão, eles chamam você com voz suplicante. *Curaçau? Marie Brizard? Éter?* Tudo o que quiserem. Depois de dois ou três tragos, eles se enternecem, titubeiam, seus olhos reviram-se, desfiam até a madrugada o longo rosário de suas misérias e crimes, pedindo-lhe para consolá-los. Hitler, entre dois soluços, implora o seu perdão. "Em que está pensando, Lamballe?" "Nas moscas, tenente." Algumas vezes ele me retinha no seu escritório para que mantivéssemos um "papo particular". "Você cometerá esse atentado. Tenho confiança em você, Lamballe." Usava um tom autoritário e me encarava com seus olhos azul-escuros. Dizer-lhe a verdade? Qual, exatamente? Agente duplo? Ou triplo? Não mais sabia quem eu era. Meu tenente, EU NÃO EXISTO. Nunca tive carteira de identidade. Ele consideraria essa distração inadmissível, numa época onde era preciso endurecer-se e mostrar um caráter excepcional. Numa noite, eu me encontrava sozinho com ele. Meu cansaço roía, como um rato, tudo o que me cercava. As paredes pareceram-me subitamente recobertas de veludo sombrio, uma bruma invadia o cômodo, dissolvendo o contorno dos móveis: a escrivaninha, as cadeiras, o armário normando. Ele perguntou: "Quais as novidades, Lamballe?", com uma voz longínqua que me surpreendeu. O tenente me encarava como sempre, mas seus olhos tinham perdido o brilho metálico. Ele se mantinha atrás da escrivaninha, com a cabeça inclinada para o lado direito, sua bochecha quase tocando seu ombro, numa atitude pensativa e desanimada que eu já vira em certos anjos florentinos. Repetiu: "Quais as novidades, Lamballe?", com um tom que usaria para dizer: "Realmente, isso não tem importância", e seu olhar pesou sobre mim. Um olhar carregado com tanta suavidade, com tanta tristeza que tive a impressão de que o tenente Dominique compreendera tudo e me perdoava: meu papel de agente duplo (ou triplo), minha inquietação por sentir-me tão frágil, na tempestade, quanto uma palha seca, e a maldade que cometia por covardia ou inadvertência. Pela primeira vez, alguém se interessava pelo meu caso. Essa mansidão me atordoava. Procurava em vão algumas palavras de agradecimento. Os olhos do tenente tornavam-se gradualmente mais ternos, as asperezas do seu rosto tinham desaparecido. Seu peito murchava. Em pouco não restou de tanta arrogância e energia senão uma velhíssima mamãe indulgente e cansada. O tumulto do mundo exterior vinha quebrar-se contra as paredes de veludo. Deslizávamos, através de uma penumbra acolchoada, até profundidades onde ninguém perturbaria nosso sono. Paris soçobrava conosco. Da cabine, eu via o facho luminoso da Torre Eiffel: um farol que indicava que estávamos próximos da costa. Nunca atracaríamos. Não tem nenhuma importância. "É preciso dormir, meu filho", murmurava o tenente. "DORMIR." Seus olhos lançavam um derradeiro brilho nas trevas. DORMIR. "Em que pensa, Lamballe?" Ele me sacode pelos ombros. Com um tom marcial: "Mantenha-se a postos para esse atentado. O destino da organização está nas suas mãos. Não vacile." Atravessa a sala nervosamente. As coisas recuperaram a dureza de sempre. "Fibra, Lamballe. Conto com você." O metrô balança. Cambronne – La Motte-Piquet – Dupleix – Grenelle – Passy. Nove horas da noite. Reencontrava, na esquina das ruas Franklin e Vineuse, o Bentley branco que o Khédive me emprestava como recompensa pelos meus serviços. O carro causaria má impressão aos rapazes da O.C.S. Circular, nesta época, num automóvel de luxo faria supor atividades pouco conforme à moral. Somente traficantes e delatores bem pagos poderiam se entregar a tal fantasia. Pouco importa. Com o cansaço desapareciam meus últimos escrúpulos. Atravessava lentamente a praça do Trocadéro. Um motor silencioso. Bancos forrados de couro importado. Esse Bentley agradava-me muitíssimo. O Khédive descobrira-o no fundo de uma garagem em Neuilly. Abri o porta-luvas: os documentos do proprietário estavam lá ainda. Em suma, um automóvel roubado. Teríamos que prestar contas, mais dia, menos dia. Qual atitude adotaria, na barra do tribunal, quando enunciassem tantos crimes cometidos pela "Sociedade Intercomercial Paris-Berlim-Monte Carlo"? Um bando de malfeitores, diria o juiz. Aproveitaram-se da miséria e da confusão geral. "Monstros", escreveria Madeleine Jacob. Ligava o rádio.

Estou sozinho
nesta noite
com minha dor...

Avenida Kléber, meu coração batia um pouco mais rápido. A fachada do Hotel Baltimore. *Square* Cimarosa. Diante do 3 bis. Codébo e Robert Branquelo estavam, como sempre, de sentinela. Codébo lançava-me um sorriso que mostrava seus dentes de ouro. Subia ao primeiro andar, empurrava a porta do salão. O Khédive, vestido com um robe de chambre rosa-chá de seda brocada, acenava-me. O Senhor Philibert consultava fichas: "Como vai a O.C.S., meu pequeno Swing Troubadour?" O Khédive dava-me um grande tapa no ombro e um cálice de conhaque: "Difícil de achar. Trezentos mil francos a garrafa. Tranquilize-se. Ignoramos as restrições aqui. E essa O.C.S.? Que há de novo?" Não, ainda não tinha os endereços dos "Cavaleiros da Sombra". No final da semana, prometo. "E se executássemos nossa batida na rua Boisrobert, numa tarde, quando todos os membros da O.C.S. estiverem lá? Que pensa disso, Troubadour?" Eu desaconselhava esse método. Seria preferível prendê-los um a um. "Não temos tempo a perder, Troubadour." Acalmava a impaciência deles, prometia de novo informações decisivas. Um dia eles me acuariam de tal maneira que, para me livrar, seria preciso cumprir minhas promessas. A "pescaria" seria feita. Mereceria enfim a qualificação de "dedo-duro" que me causava uma pontada no coração, uma vertigem sempre que a escutava pronunciarem. DEDO-DURO. Mesmo assim, esforçava-me em retardar esse desfecho, explicando a meus dois patrões que os membros da O.C.S. eram inofensivos. Rapazes sonhadores. Atulhados de ideais, isso é tudo. Por que não se deixaria esses amáveis cretinos divagar? Eles sofriam de uma moléstia: a juventude, da qual se cura rapidamente. Dentro de alguns meses eles seriam muito mais razoáveis. Até o próprio tenente abandonaria o combate. Aliás, de qual combate se tratava senão da lenga-lenga inflamada durante a qual as palavras Justiça, Progresso, Verdade, Democracia, Liberdade, Revolução, Honra, Pátria retornavam sem parar? Tudo isso me parecia muito anódino. Na minha opinião, o único homem perigoso era LAM-BAL-LE, que ainda não identificara. Invisível. Intocável. O verdadeiro chefe da O.C.S. Ele agiria, e da maneira mais brutal. Falava-se dele na rua Boisrobert com um arrepio de temor e de admiração. LAM-BAL-LE! Quem era? Quando eu perguntava ao tenente, ele se tornava evasivo. "Os gângsteres e os vendidos que estão agora por cima não serão poupados por LAMBAL-LE. LAMBALLE ataca rápido e com força. Obedeceremos a LAMBALLE de olhos fechados. LAMBALLE nunca se engana. LAMBALLE, um cara admirável. LAMBALLE, nossa única esperança..." Eu não podia obter detalhes mais precisos. Um pouco mais de paciência e desmascararíamos esse misterioso personagem. Repetia ao Khédive e a Philibert que a captura de Lamballe devia ser nosso único objetivo. LAM-BAL-LE! Quanto aos outros, não contavam. Gentis falastrões. Pedia que fossem poupados. "Veremos. Dê-nos primeiramente informações sobre esse Lamballe. Entende?" A boca do Khédive contraía-se num esgar de mau augúrio. Philibert, pensativo, alisava o bigode repetindo: "LAM-BAL-

LE. LAM-BAL-LE." "Acertarei as contas com o tal de Lamballe", concluía o Khédive, "e não será nem Londres, nem Vichy, nem os americanos que irão salvá-lo. Conhaque? Craven? Sirva-se, garoto." "Acabamos de negociar o Sebastiano del Piombo", afirmava Philibert. "Tome seus dois por cento de comissão." Entregava-me um envelope verde-claro. "Ache-me para amanhã alguns bronzes asiáticos. Contatamos um cliente." Eu tomava gosto por esse trabalho extra do qual me encarregavam: descobrir obras de arte e levá-las imediatamente ao *square* Cimarosa. Pela manhã, eu me introduzia nas casas particulares de ricos que haviam deixado Paris em consequência dos últimos acontecimentos. Bastava arrombar a fechadura ou pedir a chave ao porteiro, exibindo a carteira de polícia. Vasculhava minuciosamente as casas abandonadas. Seus proprietários ao partirem haviam deixado para trás pequenos objetos: quadros, vasos, tapeçarias, livros, manuscritos. Isso não era suficiente. Eu partia à procura de depósitos de móveis, lugares seguros, esconderijos capazes de abrigar nesta época conturbada as coleções mais preciosas. Num sótão no subúrbio esperavam-me *Gobelins* e tapetes persas, uma velha garagem da porta de Champerret estava atulhada de quadros de mestres. Num porão em Auteuil uma maleta guardava joias da Antiguidade e da Renascença. Entregava-me a essa pilhagem com o coração leve e inclusive com um certo contentamento do qual teria vergonha – mais tarde – diante dos tribunais. Vivíamos em tempos excepcionais. Os roubos, as traficâncias tornavam-se moeda corrente e o Khédive, considerando minhas aptidões, empregava-me na recuperação de obras de arte em vez da de metais não ferrosos. Agradecia-lhe por isso. Experimentei grandes felicidades estéticas. Por exemplo, diante de um Goya representando o assassinato da princesa de Lamballe. Seu proprietário crera preservá-lo, escondendo-o num cofre-forte do Banco Franco-Serbe, na rua Helder, 3. Bastou que apresentasse minha carteirinha para que me deixassem dispor dessa obra-prima. Vendíamos todos os objetos apreendidos. Curiosa época. Terá feito de mim um indivíduo "pouco reluzente". Alcaguete, arrombador, assassino talvez. Não era pior que ninguém. Segui o movimento, eis tudo. Não sinto pelo mal nenhuma atração particular. Um dia encontrei um velho senhor coberto de anéis e rendas. Ele me explicou com a voz de falsete que recordava as fotos dos criminosos na revista *Détective,* encontrando neles uma beleza "feroz" e "maléfica". Exaltou sua solidão "inalterável" e "grandiosa", falou-me de um deles, Eugène Weidmann, a quem chamava de "anjo das trevas". Tinha pendores literários, esse cara. Eu lhe disse que Weidmann, no dia da sua execução, usava sapatos de sola de borracha. Sua mãe os havia comprado para ele, há tempos, em Frankfurt. E que, se a gente amava as pessoas, era preciso sempre se fixar em detalhes miseráveis como esse. O resto não tinha nenhuma importância. Pobre Weidmann! Neste momento, Hitler adormeceu chupando o polegar e deito-lhe um olhar compungido. Ele gane, como um cão que sonha. Ele se recurva, encolhe, encolhe, caberia na palma da minha mão. "Em que pensa, Swing Troubadour?" "Em nosso *Führer*, Senhor Philibert." "Iremos vender o Franz Hals em breve. Você receberá pelo incômodo quinze por cento de comissão. Se você nos ajudar a capturar Lamballe, dou-lhe uma recompensa de 500 mil francos. Coisa pra ninguém botar defeito. Um pouco de conhaque?" Minha cabeça está rodando. O perfume das flores, sem dúvida. O salão afundara-se sob as dálias e as orquídeas. Um grande buquê de rosas, entre as duas janelas, escondia metade do autorretrato do Senhor de Bel-Respiro. Dez horas da noite. Eles invadiam o aposento, um após outro. O Khédive recebia-os trajando um smoking grená salpicado de verde. O Senhor Philibert fazia-lhes um sinal com a cabeça e tornava a consultar as fichas. De quando em vez andava até um deles, iniciava uma curta conversação, tomava algumas notas. O Khédive servia bebidas, cigarros e salgadinhos. O Senhor e Senhora de Bel-Respiro teriam ficado surpresos de ver, no seu salão, tal assembleia: lá estava o "marquês" Lionel de Zieff, condenado há tempos por roubo, abuso de confiança, receptação, porte ilegal de condecorações; Costachesco, banqueiro romeno, especulações na bolsa e falências fraudulentas; o "barão" Gaétan de Lussatz, dançarino mundano, duplo passaporte monegasco e francês; Pols de Helder, arrombador de elite; Rachid von Rosenheim, Mister Alemanha 1938, vigarista profissional; Jean-Farouk de Méthode, proprietário do Circo de Outono e de L'Heure Mauve, proxeneta, proibido de entrar em toda a Comunidade Britânica; Ferdinand Poupet, aliás "Paulo Hayakawa", corretor de seguros, cartucho queimado, falsificador e falsidade ideológica; Otto da Silva, "El Rico Plantador", espião a meio expediente; o "conde" Baruzzi, expert em objetos de arte e morfinômano; Darquier, aliás "de Pellepoix", advogado marrom; o "mago" Ivanoff, charlatão búlgaro, "tatuador oficial das igrejas coptas"; Odicharvi, alcaguete da polícia na colônia de russos brancos; Mickey de Voisins, "a lacaia", prostituição homossexual; o ex-comandante da aviação Constantini; Jean le Houleux, jornalista, antigo tesoureiro do Club du Pavois e chantagista; os irmãos Chapochnikoff, dos quais nunca soube nem o registro social nem o número exato. Algumas mulheres: Lucie Onstein, aliás "Frau Sultana", antigamente dançarina típica no Rigolett's; Magda d'Andurian, diretora, em Palmyre, de um hotel "mundano e discreto"; Violette Morris, campeã de pesos e halteres, que usava sempre roupas masculinas; Emprosine Marousi, princesa bizantina, toxicômana e lésbica; Simone Bouquereau e Irène de Tranzé, ex-pensionistas do One-Two-Two; a "baronesa" Lydia Stahl, que amava champanhe e flores viçosas. Todos esses personagens frequentavam o 3 bis assiduamente. Bruscamente emergiram da escuridão, de um período de desespero e miséria, por um fenômeno análogo ao da geração espontânea. A maioria deles ocupava um posto no seio da "Sociedade Intercomercial Paris-Berlim-Monte Carlo". Zieff, Méthode e Helder dirigiam o Departamento de Couros. Graças à habilidade de seus intermediários, conseguiam vagões de couro cromado que a S.I.P.B.M.T. revendia a seguir por um preço doze vezes maior. Costachesco, Hayakawa e Rosenheim escolhiam os metais, gorduras e óleos minerais. O ex-comandante Constantini operava num setor mais restrito, porém rentável: vidraçaria, perfumaria, camurças, biscoitos, porcas e parafusos. Aos outros, o Khédive confiava missões delicadas: Lussatz era encarregado de vigiar e proteger fundos que chegavam todas as manhãs ao *square* Cimarosa em quantidade considerável. O papel de da Silva e de Odicharvi consistia em recuperar ouro e divisas estrangeiras. Mickey de Voisins, Baruzzi e a "baronesa" Lydia Stahl levantavam as mansões nas quais eu poderia confiscar objetos de arte. Hayakawa e Jean le Houleux mantinham a contabilidade do serviço. Darquier servia como advogado-conselheiro. Quanto aos irmãos Chapochnikoff, não tinham função bem definida e ziguezagueavam por lá. Simone de Bouquereau e Irène de Tranzé eram as "secretárias" titulares do Khédive. A princesa Marousi arranjava-nos cumplicidades extremamente úteis nas altas rodas mundanas e financeiras. Frau Sultana e Violette Morris recebiam polpudos honorários na qualidade de delatoras. Magda d'Andurian, mulher de boa cabeça e de ação, perscrutava o Norte da França e entregava no 3 bis quilômetros quadrados de lona encerada e de lã penteada. Enfim, não se pode esquecer de mencionar os membros do pessoal dedicados às operações estritamente policiais. Tony Breton, boa-pinta, suboficial da Legião Estrangeira e torturador consciente; Jo Reocreux, proprietário de prostíbulo; Vital-Léca, dito "Boca de Ouro", assassino profissional; Armand Maluco: "Vou fazer deles presunto, presuntinho de todos eles"; Codébo e Robert Branquelo, renegados, empregados como porteiros e guarda-costas; Danos, o "mamute" ou "Gordo Bill"; Gouari, o "Americano", golpista, vivendo de expedientes... O Khédive reinava sobre esse alegre mundinho que os cronistas judiciários chamariam mais tarde de "a gangue do *square* Cimarosa". Enquanto isso, os negócios iam de vento em popa. Zieff falava de se apropriar dos estúdios Victorine, do Eldorado e do Folies-Wagram; Helder criava uma "Sociedade de participação geral" que monopolizaria todos os hotéis da Côte d'Azur; Costachesco comprava dezenas de imóveis; Rosenheim afirmava que "nós obteremos em breve a França inteira por um tostão de mel coado e vamos revendê-la para quem pagar melhor". Eu escutava, observando todos esses alucinados. Seus rostos, sob os lustres, pingavam suor. Suas falas aceleravam-se. Reembolso... corretagem... comissões... estoques... vagões... margens de lucro... Os irmãos Chapochnikoff, cada vez mais numerosos, enchiam incansavelmente as taças de champanhe. Frau Sultana girava a manivela do gramofone. Johnny Hess:

Entrem
no clima
esqueçam
as preocupações

Ela desabotoava a blusa, esboçava um passo de swing. Os outros seguiam seu exemplo. Codébo, Danos e Robert Branquelo entravam no salão. Abriam caminho entre os que dançavam, chegavam ao Senhor Philibert, sussurravam-lhe algumas palavras no ouvido. Eu olhava pela janela. Um automóvel, com os faróis apagados, diante do 3 bis. Vital-Léca brandia uma lanterna, Reocreux abria a porta do carro. Um homem, com algemas nos pulsos. Gouari empurrava-o brutalmente para a porta. Eu pensava no tenente, nos rapazes de Vaugirard. Numa noite qualquer iria vê-los acorrentados como aquele homem. Breton iria lhes aplicar choques elétricos. Em seguida... Poderei viver com este remorso? Pernety e seus sapatos de couro negro. Picpus e as cartas da noiva. Os olhos azuis de Saint-Georges. Seus sonhos, todas as suas lindas quimeras seriam esfaceladas no porão do 3 bis de muros respingados de sangue. Por minha culpa. Dito isso, não se deve pensar que utilizo levianamente os termos: "choque elétrico", "blecaute", "dedo-duro", "assassino profissional". Relato o que vi, o que vivi. Sem floreios. Não invento nada. Toda essa gente de quem falo existiu. Levo o rigor ao extremo de designá-los com seus nomes verdadeiros. Quanto aos meus gostos pessoais, dirigiam-se de preferência para as rosas, o jardim ao luar e o tango dos dias felizes. Um coração de mocinha. Não tive sorte. Escutavam-se, vindos do subsolo, seus gemidos, que a música acabava encobrindo. Johnny Hess:

Já que estou aqui
o ritmo
está aqui
Sobre suas asas ele lhes
levará

Frau Sultana excitava-os, soltando gritinhos estridentes. Ivanoff balançava sua "varinha dos metais leves". Eles se empurravam, perdiam o fôlego, a dança tornava-se mais sacudida, eles derrubavam de passagem um vaso de dálias, intensificavam suas gesticulações.

A música
é
o filtro mágico...

Os dois batentes da porta abriam-se. Codébo e Danos sustinham-no pelos ombros. Não lhe tinham tirado as algemas. Seu rosto inundado de sangue. Ele titubeava, prostrava-se no centro do salão. Os outros permaneciam numa imobilidade atenta. Somente os irmãos Chapochnikoff, como se nada acontecesse, catavam os cacos de um vaso, retificavam a colocação das flores. Um deles, com passos leves, dirigia-se à baronesa Lydia Stahl oferecendo-lhe uma orquídea.

— Se sempre esbarrássemos com essa espécie de cabeças-duras, seria uma amolação para nós – afirmava o Senhor

Philibert. – Um pouco de paciência, Pierre. Ele vai acabar cantando. – Temo que não, Henri. Pois então faremos dele um mártir. Ao que parece, os mártires são necessários. – Mártir, que coisa idiota – afirmava Lionel de Zieff com a voz pastosa. – Você se recusa a falar? – perguntava-lhe o Senhor Philibert. – Não iremos importunar você por muito tempo – murmurava o Khédive. – Se você não responde, é porque você não sabe. – Mas se você sabe alguma coisa – afirmava o Senhor Philibert – será melhor dizer imediatamente.

 Ele levantava a cabeça. Uma mancha vermelha no tapete de Savonnerie, no lugar onde pousara a testa. Um fulgor irônico nos olhos azul-malva (iguais aos de Saint-Georges). Desprezo, melhor dizendo. Pode-se morrer por ideias. O Khédive esbofeteava-o três vezes seguidas. Ele não baixava os olhos. Violette Morris jogava uma taça de champanhe no seu rosto. – Senhor, por favor – sussurrava o mago Ivanoff –, quer ter a bondade de me mostrar sua mão esquerda? – Pode-se morrer por ideias. – O tenente me repetia incessantemente: "Estamos todos prontos para morrer por nossas ideias. Você também, Lamballe?" Não ousava lhe confessar que, se devia morrer, seria de doença, de medo ou de mágoa. – Segure! – berrava Zieff e ele recebia a garrafa de conhaque em plena testa. – Sua mão, sua mão esquerda – suplicava o mago Ivanoff. – Ele vai falar – suspirava Frau Sultana –, ele vai falar, eu lhes digo – e desnudava os ombros com um sorriso aliciante. – Todo esse sangue... – balbuciava a baronesa Lydia Stahl. A testa dele repousava de novo sobre o tapete de Savonnerie. Danos erguia-o e arrastava-o para fora do salão. Alguns minutos mais tarde, Tony Breton anunciava com uma voz abafada: "Morreu, morreu sem falar." Frau Sultana afastava-se balançando os ombros. Ivanoff sonhava, os olhos perdidos no teto. – Existem mesmo caras atrevidos – observava Pols de Helder. – É melhor dizer caças abatidas – retorquia o "conde" Baruzzi. – Quase que os admiro – afirmava o Senhor Philibert. – É o primeiro que vejo resistir tão bem. O Khédive: "Rapazes desse tipo, Pierre, SABOTAM o nosso trabalho." Meia-noite. Uma espécie de torpor os possuía. Eles se sentavam nos sofás, nas almofadas, nas poltronas. Simone de Bouquereau retocava sua maquiagem diante do grande espelho de Veneza. Ivanoff examinava gravemente a mão esquerda da baronesa Lydia Stahl. Os outros se espalhavam por todos os lados conversando leviandades. Naquela hora, o Khédive me levava até a janela para me falar de seu título de "Chefe de Polícia" que certamente obteria. Sonhava com ele há muito tempo. Criança, na colônia penitenciária de Eysses, depois no batalhão disciplinar e na prisão de Fresnes. Apontando o retrato do Senhor de Bel-Respiro, enumerava-me todas as medalhas que se podiam ver sobre o peito desse homem. "Bastará substituir sua cabeça pela minha. Encontre para mim um pintor habilidoso. A partir de hoje chamo-me Henri de Bel-Respiro." Repetia maravilhado: "O Senhor Chefe de Polícia, Henri de Bel-Respiro." Tanta sede de respeitabilidade me perturbava, pois já havia visto igual em meu pai, Alexandre Stavisky. Guardo comigo a carta que escreveu à mamãe antes de suicidar-se: "O que te peço, sobretudo, é que eduques o nosso filho no sentimento da honra e da probidade; e, assim que tenha atingido a idade ingrata dos 15 anos, vigie suas amizades e relações de modo que ele seja bem orientado na vida e que se torne um homem honesto." Ele próprio, creio, teria adorado terminar seus dias numa cidadezinha da província. Encontrar a calma e o silêncio depois de anos de tumulto, vertigens, miragens, turbilhões desvairados. Pobre papai! "Você verá. Quando eu for Chefe de Polícia, tudo se arranjará." Os outros tagarelavam em voz baixa. Um dos irmãos Chapochnikoff trazia uma bandeja de laranjadas. Se não fossem a mancha de sangue no meio do salão e seus vestuários coloridos podia-se crer que estivéssemos em ótima companhia. O Senhor Philibert guardava suas fichas e sentava-se ao piano. Espanava o teclado com seu lenço, abria uma partitura. Tocava o adágio da *Sonate au clair de lune*. "Melômano", sussurrava o Khédive. "Artista da cabeça aos pés. Pergunto-me o que faz entre nós. Um rapaz deste valor. Escute!" Sentia meus olhos dilatarem-se desmesuradamente sob o efeito de uma mágoa que esgotara todas as lágrimas, de um cansaço tão grande que me mantinha desperto. Parecia-me que desde sempre eu caminhara na noite ao ritmo desta música dolorosa e obstinada. Sombras agarravam-se à gola do meu paletó, puxavam-me para os lados, chamando-me ora de "Lamballe", ora de "Swing Troubadour", empurravam-me de Passy a Sèvres-Lecourbe e de Sèvres-Lecourbe a Passy sem que eu nada compreendesse das suas histórias. O mundo, decididamente, estava cheio de ruído e fúria. Nenhuma importância. Eu passava no meio dessa agitação, enrijecido como um sonâmbulo. Os olhos bem abertos. Tudo acabaria se acalmando. A música lenta que Philibert tocava impregnaria aos poucos os seres e as coisas. Disso eu tinha certeza. Eles tinham saído do salão. Um bilhete do Khédive sobre a mesinha: "Trate de entregar Lamballe o mais rápido possível. Precisamos dele." O ruído dos seus carros diminuía. Então, diante do espelho de Veneza, eu articulava distintamente: EU SOU A PRINCESA DE LAM-BAL-LE. Eu me olhava dentro dos olhos, encostava minha testa no espelho: eu sou a princesa de Lamballe. Assassinos procuram você no escuro. Tateiam, roçam em você, tropeçam nos móveis. Os segundos parecem intermináveis. Você suspende a respiração. Encontrarão o interruptor? Terminem logo com isso. Não aguentarei muito tempo a vertigem, irei até o Khédive, olhos bem abertos e encostarei meu rosto ao seu: EU SOU A PRIN-CE-SA DE LAM-BAL-LE, o chefe da O.C.S. A menos que o tenente Dominique se levante subitamente. Com a voz grave: "Há um delator entre nós. Um tal de 'Swing Troubadour'." "Sou EU, tenente." Levantava a cabeça. Uma mariposa voejava de um lustre a outro e para evitar que queimasse as asas eu apagava a luz. Ninguém teria jamais um tão delicado gesto para comigo. Tinha que me virar sozinho. Mamãe encontrava-se longe daqui, em Lausanne. Felizmente. Meu pobre pai, Alexandre Stavisky, morrera. Lili Marlene me esquecia.

Sozinho. Não encontrava meu lugar em parte alguma. Nem na rua Boisrobert, nem no *square* Cimarosa. De um lado, eu escondia dos bravos rapazes da O.C.S. minha atividade de alcaguete; de outro, o título de "Princesa de Lamballe" me expunha a sérios problemas. Quem era eu exatamente? Meus documentos? Um falso passaporte de refugiado da Liga das Nações. Indesejável em toda parte. Essa situação precária me impedia de dormir. Nenhuma importância. Além do meu trabalho extra de "recuperador" de objetos preciosos, eu exercia no 3 bis a função de vigia noturno. Depois da partida do Senhor Philibert, do Khédive, e dos seus hóspedes, teria podido me recolher ao quarto do Senhor de Bel-Respiro, mas permanecia no salão. O abajur violeta deixava a meu redor grandes zonas de penumbra. Abria um livro: *Os mistérios do Cavaleiro d'Eon*. Depois de alguns minutos, ele me caía das mãos. Uma certeza acabava de me ofuscar: eu não escaparia vivo desse enredo. Os acordes tristes do adágio ressoavam na minha cabeça. As flores do salão perdiam suas pétalas e eu envelhecia aceleradamente. Colocando-me, pela última vez, diante do espelho de Veneza, deparava-me com o rosto de Philippe Pétain. Parecia-me, porém, que tinha o olhar demasiadamente vivaz, a pele demasiadamente rosada e terminava por metamorfosear-me no Rei Lear. Nada mais natural. Eu acumulara desde a infância uma enorme reserva de lágrimas. Chorar – parece – alivia e, apesar dos meus esforços cotidianos, eu não conhecia essa felicidade. Então, as lágrimas me roeram por dentro, como um ácido, o que explica o meu envelhecimento instantâneo. O médico me prevenira: aos 20 anos você já será o sósia do Rei Lear. Gostaria de poder me apresentar com um aspecto mais agradável. É culpa minha? Eu possuía, a princípio, uma bela saúde, uma moral de bronze, mas experimentei enormes desgostos. Tão intensos que me fizeram perder o sono. De tanto ficarem abertos, os meus olhos cresceram desmesuradamente. Eles descem até meus maxilares. Outra coisa: basta que olhe ou toque um objeto para que ele vire pó. No salão, as flores murchavam. As taças de champanhe espalhadas pela mesinha, escrivaninha, lareira, evocavam uma festa muito antiga. Talvez aquela de 20 de junho de 1896, dada pelo Senhor de Bel-Respiro em homenagem a Camille du Gast, dançarina de *cake-walk*. Uma sombrinha esquecida, guimbas de cigarros turcos, um copo de laranjada pela metade. Era Philibert que tocava piano há pouco? Ou a Senhorita Mylo d'Arcille, morta há sessenta anos? A mancha de sangue trazia-me de volta a preocupações mais contemporâneas. Ignorava o nome daquele desgraçado. Ele se parecia com Saint-Georges. Enquanto o trituravam ele perdeu uma caneta e um lenço marcado com suas iniciais C.F.: as únicas marcas de sua passagem sobre a Terra.

 Abri a janela. Uma noite de verão tão azul, tão cálida, que parecia sem amanhã e as palavras "entregar a alma", "exalar o último suspiro" vinham-me imediatamente à mente. O mundo definhava até a morte. Uma suavíssima, lentíssima agonia. As sirenes, para anunciar um bombardeio, soluçavam. Depois, eu só ouvia um rufar abafado de tambores. Isso durava duas ou três horas. Bombas de fósforo. Paris de madrugada estaria coberta de escombros. Azar. Tudo o que eu amava na minha cidade deixara de existir há muito. Acaba-se achando natural o desaparecimento das coisas. As esquadrilhas de bombardeiros não poupariam nada. Eu alinhava sobre a escrivaninha as figuras de um jogo de dominó chinês que pertencia ao herdeiro da mansão. As paredes tremiam. Tombariam logo. Mas eu ainda tinha um trunfo na manga. Da minha velhice e minha solidão alguma coisa eclodiria, como uma bolha de sabão na ponta de um canudo. Esperava. Aquilo tomava forma de repente: um gigante ruivo, cego certamente já que usava óculos escuros. Uma garotinha com o rosto enrugado. Eu os chamava Coco Lacour e Esmeralda. Miseráveis. Enfermos. Sempre silenciosos. Um sopro, um gesto bastariam para quebrá-los. Que seria deles sem mim? Encontrava afinal uma excelente razão para viver. Amava-os, meus pobres monstros. Velaria por eles... Ninguém poderia lhes fazer mal. Graças ao dinheiro que ganhava no *square* Cimarosa, como delator e larápio, iria lhes assegurar todo o conforto possível. Coco Lacour. Esmeralda. Escolhi os dois seres mais desamparados da Terra, mas não havia nenhum sentimentalismo no meu amor. Teria arrebentado os ossos de quem quer que ousasse fazer algum comentário indelicado sobre os dois. Só de pensar nisso, sentia-me invadido por uma ira assassina. Girândolas de faíscas vermelhas queimavam meus olhos. Sufocava. Ninguém tocaria nas minhas duas crianças. A mágoa que retivera até então se expandia em cataratas e daí meu amor retirava a sua força. Ninguém resistia a essa erosão. Um amor tão devastador que os reis, os mestres da guerra, os "grandes homens" tornavam-se, a meus olhos, criancinhas doentes. Átila, Bonaparte, Tamerlão, Gêngis, Harun-al-Rachid e outros dos quais ouvi gabar as proezas fabulosas. Esses pretensos "titãs" pareciam-me minúsculos, lamentáveis. Absolutamente inofensivos. A tal ponto que, debruçando-me sobre o rosto de Esmeralda, eu me perguntava se não seria Hitler que eu via lá. Uma pequenina garotinha abandonada. Ela fazia bolhas de sabão com um aparelho que eu lhe dera de presente. Coco Lacour acendia seu charuto. Desde que os conhecera, eles nunca haviam pronunciado uma palavra. Mudos, certamente. Esmeralda olhava boquiaberta as bolhas arrebentarem-se contra o lustre. Coco Lacour empenhava-se na fabricação de círculos de fumaça. Prazeres modestos. Amava-os, meus débeis. Agradava-me a companhia deles. Não que eu achasse esses dois seres mais comoventes, mais vulneráveis do que a maioria dos homens. TODOS me inspiravam uma piedade maternal e desolada. Mas Coco Lacour e Esmeralda, eles, pelo menos, calavam-se. Não se moviam. O silêncio, a imobilidade depois de ter suportado tantas vociferações e gesticulações inúteis. Não tinha necessidade de lhes falar. Para quê? Eram surdos. E era melhor assim. Se eu confidenciasse meus sofrimentos a qualquer dos meus semelhantes, ele me abandonaria imediatamente. Eu o compreendo. E depois minha aparência física desencoraja as "almas gêmeas". Um centenário barbudo, com olhos que ocupavam metade do rosto. Quem poderia consolar o Rei Lear? Nenhuma importância. Só contavam: Coco Lacour e Esmeralda. Levávamos, no *square* Cimarosa, uma vida de família. Eu esquecia o Khédive e o tenente. Gângsteres ou heróis, cansaram-me demais esses homenzinhos. Nunca chegara a me interessar pelas suas histórias. Fazia projetos para o futuro. Esmeralda faria um curso de piano. Coco Lacour jogaria comigo o dominó chinês e aprenderia a dançar o swing. Eu queria mimar essas minhas duas gazelas, meus surdos-mudos. Dar-lhes uma belíssima educação. Não parava de olhá-los. Esse amor parecia-se com o que sentia por mamãe. De todo modo, mamãe encontrava-se em bom abrigo: LAUSANNE. Quanto a Coco Lacour e Esmeralda, protegia-os. Morávamos numa casa que nos dava segurança. Ela me pertencia desde sempre. Meus documentos? Eu me chamava Maxime de Bel-Respiro. Diante de mim, o autorretrato de meu pai. E mais: *Lembranças*

> *no fundo de cada gaveta*
> *perfumes*
> *nos armários...*

Não tínhamos realmente nada a temer. O tumulto e a ferocidade do mundo morriam nos umbrais do 3 bis. As horas passavam, silenciosas. Coco Lacour e Esmeralda subiam para se deitar. Dormiriam rapidamente. De todas as bolhas de sabão que Esmeralda soprara, uma ainda restava flutuando no ar. Subia em direção ao teto, incerta. Eu suspendia a respiração. Ela se arrebentava contra o lustre. Então tudo estava consumado. Coco Lacour e Esmeralda nunca existiram. Eu permanecia sozinho no salão escutando a chuva de bombas. Um último pensamento emocionado para os cais do Sena, a gare d'Orsay e a Petite Ceinture. E depois eu me encontrava no extremo da velhice, numa região da Sibéria chamada Kamtchatka. Aí não cresce nenhuma vegetação. Um clima frio e seco. Noites tão profundas que são brancas. Não se pode viver em tais latitudes e os biólogos observaram que o corpo humano nesse meio desintegra-se em mil gargalhadas, agudas, cortantes como cacos de garrafa. A razão é esta: no meio dessa desolação polar você se sente liberado dos últimos vínculos que ainda o ligam ao mundo. Não lhe resta nada senão morrer. De rir. Cinco horas da madrugada. Ou talvez o crepúsculo. Uma camada de cinzas recobria os móveis do salão. Eu olhava o quiosque do *square* e a estátua de Toussaint-Louverture. Parecia ter sob os olhos um daguerreótipo. A seguir, visitava a casa, andar por andar. Malas espalhadas pelos quartos. Não tiveram tempo de fechá-las. Uma delas continha um chapéu Kronstadt, um terno de cheviote cor de ardósia, o programa amarelado de um espetáculo no Teatro Ventadour, uma fotografia com dedicatória dos patinadores Goodrich e Curtis, dois *keepsakes*, alguns velhos brinquedos. Não ousava vasculhar as outras.

Elas se multiplicavam ao meu redor: em aço, palha, vidro, e couro da Rússia. Vários baús-armários estavam empilhados no corredor. O 3 bis transformava-se num gigantesco bagageiro de estação. Esquecido. Essas bagagens não interessavam a ninguém mais. Encerravam muitas coisas mortas: dois ou três passeios com Lili Marlene, em Batignolles, um caleidoscópio que me presentearam no meu sétimo aniversário, uma xícara de verbena que mamãe me oferecera numa noite de não sei mais qual ano... Todos os pequenos detalhes de uma vida. Queria estabelecer uma lista completa e circunstanciada. Para quê?

O tempo passa depressa demais
e os anos nos abandonam...
um dia...

Eu me chamava Marcel Petiot. Sozinho no meio de toda essa bagagem. Inútil esperar. O trem não viria. Era um moço sem futuro. Que fizera eu da minha juventude? Os dias sucediam-se aos dias e eu os acumulava com a maior desordem. Bastante para abarrotar cinquenta malas. Elas exalavam um odor agridoce que me causava náusea. Irei deixá-las aqui. Mofarão onde estão. Deixar apressadamente esta mansão. As paredes já racham e o autorretrato do Senhor de Bel-Respiro vira poeira. Diligentes aranhas tecem suas teias sobre os lustres, uma fumaça sobe do porão. Alguns despojos humanos ardem aí, sem dúvida. Quem sou? Petiot? Landru?

No corredor, um lodo verde recobre os baús-armários. Partir. Vou me sentar ao volante do Bentley, que estacionei ontem de noite diante da porta. Um último olhar para a fachada do 3 bis. Uma dessas mansões onde se sonha repousar. Infelizmente, eu me introduzira aí por arrombamento. Não tinha lugar para mim. Nenhuma importância. Ligo o rádio.

Pobre Swing Troubadour...

Avenida de Malakoff. O motor não faz nenhum barulho. Deslizo sobre um mar parado. A copa das árvores murmura. Pela primeira vez na vida sinto-me em estado de levitação.

Teu destino, Swing Troubadour...

Paro na esquina da praça Victor Hugo com a rua Copernic. Tiro do bolso de dentro do paletó a pistola com coronha de marfim incrustado de esmeraldas que descobri no criado-mudo da Senhora de Bel-Respiro.

... não mais primaveras, Swing Troubadour.

Pouso a arma no banco. Espero. Os cafés da praça estão fechados. Nenhum pedestre. Um 11CV leve de cor negra, depois dois, depois três, e quatro, descem pela avenida Victor Hugo. Meu coração palpita forte. Os carros avançam em minha direção, diminuindo a velocidade. O primeiro para ao lado do meu Bentley. O Khédive. Seu rosto está a alguns centímetros do meu, atrás da vidraça. Ele me encara com olhos suaves. Então, tenho a impressão de que minha boca se contrai num esgar pavoroso. A vertigem. Articulo muito distintamente, de maneira que ele possa ler nos meus lábios: EU SOU A PRIN-CE-SA DE LAM-BAL-LE. EU SOU A PRIN-CE-SA DE LAM-BAL-LE. Apanho a pistola, abaixo a vidraça. Ela me observa sorrindo, como se tivesse compreendido desde sempre. Aperto o gatilho. Feri-o no ombro esquerdo. Agora, eles me seguem a distância, mas sei que não escaparei deles. Seus quatro automóveis avançam lado a lado. Num deles acham-se os guarda-costas do *square* Cimarosa: Breton, Reocreux, Codébo, Robert Branquelo, Danos, Gouari... Vital-Léca dirige o 11CV do Khédive. Tive tempo de ver no banco traseiro Lionel de Zieff, Helder e Rosenheim. Subo a avenida de Malakoff em direção ao Trocadéro. Da rua Lauriston desemboca um Talbot azul-acinzentado: o de Philibert. Depois o Delahaye Labourdette do ex-comandante Constantini. Compareceram todos ao encontro. A caça a cavalo começa. Vou muito lentamente no meu carro. Eles respeitam a minha velocidade. Dir-se-ia um cortejo fúnebre. Não tenho *nenhuma* ilusão: os agentes duplos morrem, mais cedo ou mais tarde, depois de terem retardado o desfecho, graças a milhares de idas e vindas, astúcias, mentiras e acrobacias. O cansaço chega *muito depressa*. Só resta deitar-se no chão, sem fôlego, e esperar o acerto de contas. Não se pode escapar aos homens. Avenida Henri-Martin. Bulevar Lannes. Dirijo ao deus-dará. Os outros me seguem a uns cinquenta metros. Que meios empregarão para me abater? Breton me submeterá aos choques? Consideram-me uma presa importante: a "Princesa de Lamballe", chefe da O.C.S. Além do mais, acabo de cometer um atentado contra o Khédive. Meu modo de agir deve parecer-lhes muito curioso. Não lhes entreguei todos os "Cavaleiros da Sombra"? Vai ser preciso dar-lhes explicações sobre isso. Terei forças? Bulevar Pereire. Quem sabe? Um maníaco vai se interessar talvez, dentro de alguns anos, por esta história. Vai se debruçar sobre o "período conturbado" que vivemos. Consultará velhos jornais. Terá enorme dificuldade para definir minha personalidade. Qual era o meu papel no *square* Cimarosa, no meio de um dos mais temíveis bandos da Gestapo francesa? E na rua Boisrobert entre os patriotas do O.C.S.? Eu mesmo ignoro. Avenida Wagram. *A cidade é como um grande carrossel*

> *onde cada volta*
> *nos envelhece um pouco...*

Aproveitava Paris pela última vez. Cada rua, cada esquina acordavam lembranças. Graff, onde encontrei Lili Marlene. O Hotel Claridge, onde meu pai morava antes de sua fuga para Chamonix. O Clube Mabille, aonde eu ia dançar com Rosita Sergent. Os outros deixavam-me prosseguir no meu périplo. Quando se decidiriam a assassinar-me? Seus automóveis permaneciam a uns cinquenta metros atrás de mim. Entramos na região dos grandes bulevares. Uma noite de verão como nunca vira igual. Pelas janelas entreabertas escapam porções de música. As pessoas estão sentadas nas esplanadas dos cafés, ou passeiam em grupos, despreocupadamente. As luzes dos postes tremulam, acendem-se. Mil lanternas japonesas faíscam sob a copa das árvores. Gargalhadas derramam-se por todos os lados. Confetes e valsinhas. A leste, um fogo de artifício explode em girândolas rosas e azuis. Tenho a impressão de que vivo esses instantes no passado. Margeamos pelos cais do Sena. Rive Gauche, a margem esquerda, o apartamento onde morei com mamãe. As persianas estão baixadas.

Ela partiu
mudança de endereço...

Atravessamos a praça do Châtelet. Revejo o tenente e Saint-Georges abatidos, na esquina da avenida Victoria. Terei o mesmo destino, antes do fim da noite. Cada um tem a sua vez. Do outro lado do Sena, uma massa sombria: a gare d'Austerlitz. Os trens não funcionam há tempos. Cais de la Rapée. Cais de Bercy. Entramos nuns bairros muito desertos. Por que não se aproveitam? Todos esses entrepostos são adequados – quero crer – a um acerto de contas. Há um luar tão bonito que decidimos de comum acordo vaguear de carro, os faróis apagados. Charenton-le-Pont. Deixamos Paris. Derramo algumas lágrimas. Eu amava esta cidade. Meu berço. Meu inferno. Minha velha amante muito maquiada. Champigny-sur-Marne. Quando é que vão se decidir? Quero acabar com isso. Os rostos de quem amava desfilam, uma última vez. Pernety: que é feito do seu cachimbo e dos seus sapatos de couro negro? Corvisart: ele me comovia, esse tolo. Jasmin: certa noite, atravessando a praça Adolphe-Chérioux, ele me apontou uma estrela no céu: "É Bételgeuse." Ele me emprestara a biografia de Henri de BournazeI. Folheando-a encontrei uma velha foto dele vestido de marinheiro. Obligado: seu olhar triste. Lia-me frequentemente passagens do seu diário político. Essas páginas apodrecem agora no fundo de uma gaveta. Picpus: sua noiva? Saint-Georges, Marbeuf e Pelleport. Seus francos apertos de mão e seus olhares leais. Os passeios em Vaugirard. Nosso primeiro encontro diante da estátua de Joana D'Arc. A voz autoritária do tenente. Acabamos de passar por Villeneuve-le-Roi. Outros rostos me aparecem: meu pai, Alexandre Stavisky. Teria vergonha de mim. Gostaria de me ver formado em Saint-Cyr. Mamãe. Ela está em Lausanne e posso ir encontrá-la. Aperto o acelerador. Despisto os meus assassinos. Tenho os bolsos cheios de dinheiro. O suficiente para fechar os olhos do mais vigilante dos guardas aduaneiros suíços. Mas estou completamente desgastado. Aspiro ao repouso. O verdadeiro. Lausanne não me bastaria. Eles se decidem? Observo pelo retrovisor que o 11CV do Khédive se aproxima. Não. Freia bruscamente. Brincam de gato e rato. Escuto o rádio para fazer o tempo passar.

*Estou sozinho
esta noite
com minha dor...*

Coco Lacour e Esmeralda não existiam. Eu abandonara Lili Marlene. Denunciara os bravos rapazes da O.C.S. Perde-se muita gente pelo caminho. Seria necessário relembrar todos esses rostos, não faltar aos encontros, ser fiel às promessas. Impossível. Eu partiria num instante. Delito de fuga. Nesse jogo, a gente acaba perdendo a si próprio. De qualquer maneira eu nunca soube quem era. Dou a meu biógrafo a autorização de me chamar simplesmente "um homem" e desejo-lhe coragem. Não pude alongar meu passo, meu fôlego e minhas frases. Ele nada compreenderá desta história. Eu tampouco. Estamos empatados.

Hay-les-Roses. Atravessamos outras localidades. De tempos em tempos, o 11CV do Khédive me ultrapassava. O ex-comandante Constantini e Philibert emparelhavam comigo por um quilômetro. Acreditava que chegara a minha hora. Ainda não. Eles me deixavam ganhar terreno. Minha testa bate contra o volante. A estrada é cercada de choupos. Bastaria um gesto inábil. Continuo avançando, envolto em sonolência.

O voo da mariposa suicida
por Flávio Izhaki

O leitor brasileiro que adentrar a obra de Patrick Modiano por esse *Ronda da noite* terá feito uma bela escolha. O livro integra uma informal "Trilogia da Ocupação", composta por seus três primeiros romances, sendo *La Place de l'Étoile*, de 1968, e *Les Boulevards de Ceinture*, de 1972, os outros dois. Trabalhando em uma época limite, em que tanto o coletivo como o individual estavam diretamente alterados pela guerra (e a sua perspectiva), Modiano pôde pensar o particular e a cidade, temas tão caros a sua obra posterior. Ele explora um momento em que tudo era nebuloso, mas existia uma certeza: o futuro próximo não seria daquele jeito, aquela vida do hiato, do durante, não perduraria. O mundo quedaria para um dos dois lados, por isso a urgência das personagens, a luxúria e a loucura de mãos dadas bailando pelos salões, ruas e bares da capital francesa, a falta de moral e o heroísmo fazendo fronteira, dividindo os mesmos pares na pista de dança.

Estamos na França, Segunda Guerra Mundial, e Paris foi abandonada à espera do pior. Não é a Cidade Luz, não mais, não naquele momento. "É necessário que eu dê tais detalhes, pois todo mundo os esqueceu." Aí está Modiano em sua essência, o memorialismo particular como meio de atingir um todo. E quem narra é uma personagem sem nome, mas com duas alcunhas: Lamballe e Swing Troubadour. Pouco sabemos de onde ela veio (os lapsos serão, pouco a pouco, mas nunca inteiramente, preenchidos por Modiano), mas exatamente onde ela está, presa num presente que, mesmo efêmero (com o perdão da redundância), não pressupõe futuro. Um agente duplo, mas não o caso clássico. Trabalha para a escória que toma conta de Paris, mas também está infiltrado entre a Resistência, ou algo que poderia vir a ser uma Resistência. Os heróis! Cá sabe que ele está infiltrado lá. Lá sabe que ele está infiltrado cá. Ele leva e traz informações precisas. No fundo, não é um agente duplo, mas triplo: trabalha para os dois e para ninguém.

"Ziguezagueio através de um labirinto de reflexões e daí concluo que essa gente toda, repartida em dois clãs oponentes, está conjurada secretamente para acabar comigo. O Khédive e o tenente são uma só pessoa e eu não sou senão uma mariposa enlouquecida voando entre uma lâmpada e outra e queimando cada vez mais as suas asas."

Somos apresentados a Henri Normand, o Khédive, e Pierre Philibert, um inspetor de polícia exonerado, personagens inspirados em duas figuras reais ligadas à Gestapo, e também a toda uma fauna de escroques saída dos quartos escuros de Paris: os pequenos e grandes golpistas, punguistas, prostitutas, morfinômanos. O autor construiu um livro feito de imagens e sensações, de falta de certezas absolutas e muitas reticências. Não é um romance de tese, que quer provar algo. Ele dá os fatos, bota as palavras nas bocas das personagens, mas nem tudo produz sentido num todo, propositalmente. De certa maneira, o herói de *Ronda da noite* lembra bastante Meursault, o personagem de outro francês ganhador do Nobel, Albert Camus, em *O estrangeiro*, um homem jovem que não consegue entender a extensão de suas atitudes.

Ronda da noite merece ser lido num só fôlego, numa tarde em silêncio, numa viagem de avião. Mas preferencialmente uma noite longa, escura, apenas o abajur bafejando luz sobre o livro. Trata-se de um romance-vertigem, uma novela em queda. A personagem já caiu, está para sempre relegada a um poço fundo e de paredes sem atrito, mas ainda salta, tenta se agarrar em algo, escapar. Não há fuga possível e ela mesma sabe disso, mas continua pulando. Modiano descama o pobre delator em uma série de memórias contorcidas, não lineares, pequenas neuroses repetitivas, minimamente alteradas. A maestria do autor está, entre outras coisas, em nos convencer que a personagem está cedendo a uma espécie de perda de identidade conforme a história é contada. Ou seria uma identidade movediça, algo como uma nuvem que se amalgama em outras, aumenta, depois se separa sem ter feito nenhuma escolha? Mesmo quando o narrador-personagem toma algumas decisões, ele parece não saber conjecturar como chegou até elas e o que deve ser feito a seguir. "Pensarão que eu não tenho ideais. Eu tinha a princípio uma grande pureza de alma. Isso se perde pelo caminho."

    Patrick Modiano nasceu em 1945, no ano em que a Segunda Guerra terminou, e sua obra é absurdamente impactada por ela. O autor tinha apenas 24 anos quando *Ronda da noite* foi lançado, mas o que lemos é um escritor maduro, já pronto, que maneja o tempo dentro do romance sem largar a corda, esticando para frente e para trás sem perder o prumo. Modiano já nos revela os grandes temas que perpassarão sua obra, a questão da identidade, da moral e de como ambas podem ser afetadas (ou atravessadas) pelo tempo em que vivemos. Um grande escritor é capaz de fazer da literatura moldura para perguntas, visões, nunca para um julgamento. O que está em jogo em *Ronda da noite* não é uma caça às bruxas, mas entender um mundo em que a moral é esmagada pelo presente da guerra, e em que a perspectiva da finitude não tardará. Ler o jovem Modiano já é perceber o grande escritor que viria a ser aclamado com o Prêmio Nobel de Literatura 45 anos depois.

PATRICK MODIANO teve estreia precoce na literatura, lançando o primeiro livro, *Place de l'Étoile*, aos 23 anos, em 1968. Com apenas dez anos de carreira foi consagrado com o prêmio máximo francês, o Goncourt, recebendo na mesma ocasião o Grande Prêmio de Romance da Academia Francesa, ambos pelo livro *Uma rua de Roma* (*Rue des Boutiques Obscures*). No ano 2000 foi agraciado com o Grande Prêmio de Literatura Paul Morand pelo conjunto da obra, reconhecimento de um talento invulgar que a atribuição do Nobel de 2014 veio ratificar em escala mundial.

Autor de 30 romances e de um total de 40 livros, que incluem obras infantis e de não ficção, Modiano se dedicou também à redação de roteiros cinematográficos, entre os quais o do célebre filme *Lacombe Lucien*, escrito em parceria com o diretor Louis Malle, em 1974.

Admirado e festejado pela irretocável beleza de seu estilo claro e fluente, Modiano curiosamente afirmou: "O que amo na escrita é, sobretudo, o devaneio que a precede. A escrita em si mesma, não, pois não chega a ser tão agradável. É preciso materializar o sonho na página, e, portanto, sair do mundo dos sonhos."

Impressão e Acabamento:
GRÁFICA STAMPPA LTDA.
Rua João Santana, 44 - Ramos - RJ